講談社文庫

窓ぎわのトットちゃん　新組版

黒柳徹子

講談社

この本を、亡《な》き、小林宗作《そうさく》先生に捧《ささ》げます。

目次

絵・いわさきちひろ

窓ぎわのトットちゃん

●これは、第二次世界大戦が終わる、ちょっと前まで、実際《じっさい》に東京にあった小学校と、そこに、ほんとうに通っていた女の子のことを書いたお話です。

はじめての駅

自由が丘《おか》の駅《えき》で、大井町《おおいまち》線から降《お》りると、ママは、トットちゃんの手をひっぱって、改札口《かいさつぐち》を出ようとした。トットちゃんは、それまで、あまり電車に乗ったことがなかったから、大切に握《にぎ》っていた切符《きっぷ》をあげちゃうのは、もったいないなと思った。

そこで、改札口のおじさんに、

「この切符、もらっちゃいけない？」

と聞いた。おじさんは、

「ダメだよ」

というと、トットちゃんの手から、切符を取りあげた。トットちゃんは、改札口の箱《はこ》にいっぱい溜《たま》っている切符をさして聞いた。

「これ、全部、おじさんの？」

おじさんは、他の出て行く人の切符をひったくりながら答えた。

「おじさんのじゃないよ、駅のだから」

「へーえ……」

トットちゃんは、未練《みれん》がましく、箱をのぞきこみながらいった。

「私、大人《おとな》になったら、切符を売る人になろうと思うわ」

おじさんは、はじめて、トットちゃんをチラリと見て、いった。

「うちの男の子も、駅で働きたいっていってるから、一緒《いっしょ》にやるといいよ」

トットちゃんは、少し離《はな》れて、おじさんを見た。おじさんは肥《ふと》っていて、眼鏡《めがね》をかけていて、よく見ると、やさしそうなところもあった。

「ふん……」

トットちゃんは、手を腰《こし》にあてて、観察《かんさつ》しながらいった。

「おじさんとこの子と、一緒にやってもいいけど、考えとくわ。あたし、これから新《あたら》しい学校に行くんで、忙《いそが》しいから」

そういうと、トットちゃんは、待っているママのところに走っていった。そして、こう叫《さけ》んだ。

「私、切符屋さんになろうと思うんだ！」

ママは、おどろきもしないで、いった。

「でも、スパイになるっていってたのは、どうするの？」

トットちゃんは、ママに手をとられて歩き出しながら、考えた。（そうだわ。昨日《きのう》までは、絶対にスパイになろう、って決めてたのに。でも、いまの切符をいっぱい箱にしまっておく人になるのも、とても、いいと思うわ）

「そうだ‼」

トットちゃんは、いいことを思いついて、ママの顔をのぞきながら、大声をはりあげていった。

「ねえ、本当《ほんとう》はスパイなんだけど、切符屋さんなのは、どう？」

ママは答えなかった。本当のことをいうと、ママはとても不安だったのだ。もし、これから行く小学校で、トットちゃんのことを、あずかってくれなかったら……。小さい花のついた、フェルトの帽子《ぼうし》をかぶっている、ママの、きれいな顔が、少しまじめになった。そして、道をとびはねながら、なにかを早口でしゃべってるトットちゃんを見た。トットちゃんは、ママの心配を知らなかったから、顔があうと、うれしそうに笑っていった。

「ねえ、私《わたし》、やっぱり、どっちもやめて、チンドン屋さんになる‼」

ママは、多少、絶望的な気分《きぶん》でいった。

「さあ、遅《おく》れるわ。校長先生が待ってらっしゃるんだから。もう、おしゃべりしないで、前を向いて、歩いてちょうだい」

二人の目の前に、小さい学校の門が見えてきた。

窓《まど》ぎわのトットちゃん

新しい学校の門をくぐる前に、トットちゃんのママが、なぜ不安なのかを説明すると、それはトットちゃんが、小学校一年なのにかかわらず、すでに学校を退学《たいがく》になったからだった。一年生で‼

つい先週《せんしゅう》のことだった。ママはトットちゃんの担任《たんにん》の先生に呼ばれて、はっきり、こういわれた。

「おたくのお嬢《じょう》さんがいると、クラス中《じゅう》の迷惑《めいわく》になります。よその学校にお連《つ》れください！」

若くて美しい女の先生は、ため息をつきながら、くり返した。

「本当に困《こま》ってるんです！」

ママはびっくりした。（一体《いったい》、どんなことを……。クラス中の迷惑になる、どんなことを、あの子がするんだろうか……）

先生は、カールしたまつ毛をパチパチさせ、パーマのかかった短い内巻《うちまき》の毛を手でなでながら説明にとりかかった。

「まず、授業中《じゅぎょうちゅう》に、机のフタを、百ぺんくらい、開《あ》けたり閉《し》めたりするんです。そこで私が、『用事がないのに、開けたり閉めたりしてはいけません』と申しますと、おたくのお嬢さんは、ノートから、筆箱《ふでばこ》、教科書、全部を机の中にしまってしまって、ひとつひとつ取り出すんです。例《たと》えば、書き取りをするとしますね。するとお嬢さんは、まずフタを開けて、ノートを取り出した、と思うが早いか、パタン！　とフタを閉めてしまいます。そして、すぐにまた開けて頭を中につっこんで筆箱から

〝ア〟を書くための鉛筆《えんぴつ》を出すと、いそいで閉めて、〝ア〟と書きます。ところが、うまく書けなかったり、間違《まちが》えたりしますね。そうすると、フタを開けて、また頭をつっこんで、ケシゴムを出し、閉めると、いそいでケシゴムを使い、次に、すごい早さで開けて、ケシゴムをしまって、フタを閉めてしまいます。で、すぐ、また開けるので見てますと、〝ア〟ひとつだけ書いて、道具をひとつひとつ、全部しまうんです。鉛筆をしまい、閉めて、また開けてノートをしまい……というふうに。そして、次の〝イ〟のときに、また、ノートから始まって、鉛筆、ケシゴム……そのたびに、私の目の前で、目まぐるしく、机のフタが開いたり閉まったり。私、目がまわるんです。でも、一応《いちおう》、用事があるんですから、『いけない』とは申せませんけど……」

先生のまつ毛が、そのときを思い出したように、パチパチと早くなった。

そこまで聞いて、ママには、トットちゃんが、なんで、学校の机を、そんなに開けたり閉めたりするのか、ちょっとわかった。というのは、初めて学校に行って帰ってきた日に、トットちゃんが、ひどく興奮《こうふん》して、こうママに報告したことを思い出したからだった。

『ねえ、学校って、すごいの。家の机の引き出しは、こんな風《ふう》に、ひっぱるのだけど、学校のはフタが上にあがるの。ごみ箱のフタと同じなんだけど、もっとツルツルで、いろんなものが、しまえて、とってもいいんだ！』

ママには、今まで見たことのない机の前で、トットちゃんが面白《おもしろ》がって、開けたり閉めたりしてる様子《ようす》が目に見えるようだった。そして、それは、（そんなに悪いことではないし、第一、だんだん馴《な》れてくれば、そんなに開けたり閉めたりしなくなるだろう）と考えたけど、先生には、

「よく注意しますから」

といった。

ところが、先生は、それまでの調子《ちょうし》より声をもう少し高くして、こういった。

「それだけなら、よろしいんですけど！」

ママは、少し身がちぢむような気がした。先生は、体をすこし前にのり出すといった。

「机で音を立ててないな、と思うと、今度は、授業中、立ってるんです。ずーっと！」

ママは、またびっくりしたので聞いた。

ちひろ

「立ってるって、どこにでございましょうか？」

先生は少し怒《おこ》った風《ふう》にいった。

「教室の窓のところです！」

ママは、わけがわからないので、続けて質問した。

「窓のところで、なにをしてるんでしょうか？」

先生は、半分、叫《さけ》ぶような声でいった。

「チンドン屋を呼びこむためです‼」


先生の話を、まとめてみると、こういうことになるらしかった。

一時間目に、机のパタパタを、かなりやると、それ以後《いご》は、机を離《はな》れて、窓のところに立って外を見ている。そこで、静かにしていてくれるのなら、立っててもいい、と先生が思った矢先《やさき》に突然《とつぜん》、トットちゃんは、大きい声で、「チンドン屋さーん」と外にむかって叫んだ。だいたい、この教室の窓というのが、トットちゃんにとっては幸福なことに、先生にとっては不幸なことに、一階にあり、しかも通りは目の前だった。そして境《さかい》といえば、低い、いけ垣《がき》があるだけだったから、トットちゃんは、簡単《かんたん》に、通りを歩いてる人と、話が出来《でき》るわけだったのだ。さて、通りかかったチンドン屋さんは、呼ばれたから教室の下まで来る。するとトットちゃんは、うれしそうに、クラス中のみんなに呼びかけた。「来たわよ——」。勉強してたクラス中の子供《こども》は、全員、その声で窓のところに、つめかけて、口々に叫ぶ。「チンドン屋さーん」。すると、トットちゃんは、チンドン屋さんに頼《たの》む。

「ねえ、ちょっとだけ、やってみて？」

学校のそばを通るときは、音をおさえめにしているチンドン屋さんも、せっかくの頼みだからというので盛大に始める。クラリネットや鉦《かね》やタイコや、三味線《しゃみせん》で。その間、先生がどうしてるか、といえば、一段落つくまで、ひとり教壇《きょうだん》で、じーっと待ってるしかない。（この一曲が終わるまでの辛抱《しんぼう》なんだから）と自分にいいきかせながら。

さて、一曲終わると、チンドン屋さんは去って行き、生徒たちは、それぞれの席にもどる。ところが、驚《おどろ》いたことに、トットちゃんは、窓のところから動かない。「どうして、まだ、そこにいるのですか？」という先生の問《と》いに、トットちゃんは、大まじめに答えた。

「だって、また違うチンドン屋さんが来たら、お話しなきゃならないし。それから、さっきのチンドン屋さんが、また、もどってきたら、大変だからです」

「これじゃ、授業にならない、ということが、おわかりでしょう？」

話してるうちに、先生は、かなり感情的になってきて、ママにいった。ママは、（なるほど、これでは先生も、お困りだわ）と思いかけた。とたん、先生は、また一段と大きな声で、こういった。

「それに……」

ママはびっくりしながらも、なさけない思いで先生に聞いた。

「まだ、あるんでございましょうか……」

先生は、すぐいった。

「〝まだ〟というように、数えられるくらいなら、こうやって、やめていただきたい、とお願いはいたしません‼」

それから先生は、少し息をしずめて、ママの顔を見ていった。

「昨日のことですが、例によって、窓のところに立っているので、またチンドン屋だと思って授業をしておりましたら、これが、また大きな声で、いきなり、『なにしてるの？』と、誰《だれ》かに、何かを聞いているんですね。相手は、私のほうから見えませんので、誰だろう、と思っておりますと、また大きな声で、『ねえ、なにしてるの？』って。それも、今度は、通りにでなく、上のほうにむかって聞いてるんです。私も気になりまして、相手の返事が聞こえるかしら、と耳をすましてみましたが、返事がないんです。お嬢さんは、それでも、さかんに、『ねえ、なにしてるの？』を続けるので、授業にもさしさわりがあるので、窓のところに行って、お嬢さんの話しかけてる相手が誰なのか、見てみようと思いました。窓から顔を出して上を見ましたら、なんと、つばめが、教室の屋根の下に、巣《す》を作っているんです。その、つばめに聞いてるんですね。そりゃ私も、子供の気持ちが、わからないわけじゃありませんから、つばめに聞いてることを、馬鹿《ばか》げている、とは申しません。でも、授業中に、あんな声で、つばめに、『なにをしてるのか？』と聞かなくてもいいと、私は思うんです」

そして先生は、ママが、一体なんとおわびをしよう、と口を開きかけたのより、早くいった。

「それから、こういうことも、ございました。初めての図画《ずが》の時間のことですが、国《こっ》旗《き》を描《か》いてごらんなさい、と私が申しましたら、他《ほか》の子は、画用紙に、ちゃんと日の丸を描いたんですが、おたくのお嬢さんは、朝日新聞の模様《もよう》のような、軍艦旗《ぐんかんき》を描き始めました。それなら、それでいい、と思ってましたら、突然、旗のまわりに、ふさを、つけ始めたんです。ふさ。よく青年団とか、そういった旗についてます、あの、ふさです。で、それも、まあ、どこかで見たのだろうから、と思っておりました。ところが、ちょっと目を離したスキに、また、黄色のふさを、机にまで、どんどん描いちゃってるんです。だいたい画用紙に、ほぼ一杯《いっぱい》に旗を描いたんですから、ふさの余《よ》裕《ゆう》は、もともと、あまり無《な》かったんですが、それに、黄色のクレヨンで、ゴシゴシふさを描いたんですね。それが、はみ出しちゃって、画用紙をどかしたら、机に、ひどい黄色のギザギザが残ってしまって、ふいても、こすっても、とれません。まあ、幸いなことは、ギザギザが三方向だけだった、ってことでしょうか？」

ママは、ちぢこまりながらも、いそいで質問した。

「三方向っていうのは……」

先生は、そろそろ疲《つか》れてきた、という様子だったが、それでも親切にいった。

「旗竿《はたざお》を左はじに描きましたから、旗のギザギザは、三方だけだったんでございます」

ママは、少し助かった、と思って、

「はあ、それで三方だけ……」

といった。すると、先生は、次に、とっても、ゆっくりの口調《くちょう》で、ひとことずつ区切って、いった。

「ただし、そのかわり、旗竿のはじが、やはり、机に、はみ出して、残っております‼」

それから先生は立ちあがると、かなり冷《つめ》たい感じで、とどめをさすようにいった。

「それと、迷惑しているのは、私だけではございません。隣《となり》の一年生の受持ちの先生もお困りのことが、あるそうですから……」

ママは、決心しないわけにはいかなかった。（たしかに、これじゃ、他の生徒さんに、ご迷惑すぎる。どこか、他の学校を探《さが》して、移したほうが、よさそうだ。なんとか、あの子の性格がわかっていただけて、みんなと一緒にやっていくことを教えてくださるような学校に……）

そうして、ママが、あっちこっち、かけずりまわって見つけたのが、これから行こうとしている学校、というわけだったのだ。

ママは、この退学のことを、トットちゃんに話していなかった。話しても、なにがいけなかったのか、わからないだろうし、また、そんなことで、トットちゃんが、コンプレックスを持つのも、よくないと思ったから、（いつか、大きくなったら、話しましょう）と、きめていた。ただ、トットちゃんには、こういった。

「新しい学校に行ってみない？　いい学校だって話よ」

トットちゃんは、少し考えてから、いった。

「行くけど……」

ママは、（この子は、いま何を考えてるのだろうか）と思った。（うすうす、退学のこと、気がついていたんだろうか……）

次の瞬間《しゅんかん》、トットちゃんは、ママの腕《うで》の中に、とびこんで来て、いった。

「ねえ、今度の学校に、いいチンドン屋さん、来るかな？」

とにかく、そんなわけで、トットちゃんとママは、新しい学校にむかって、歩いているのだった。

新しい学校

学校の門が、はっきり見えるところまで来て、トットちゃんは、立ち止まった。なぜなら、この間まで行っていた学校の門は、立派なコンクリートみたいな柱で、学校の名前も、大きく書いてあった。ところが、この新しい学校の門ときたら、低い木で、しかも葉っぱが生《は》えていた。

「地面から生えてる門ね」

と、トットちゃんはママにいった。そうして、こう、つけ加えた。

「きっと、どんどん生えて、今に電信柱《でんしんばしら》より高くなるわ」

たしかに、その二本の門は、根っこのある木だった。トットちゃんは、門に近づくと、いきなり顔を、ななめにした。なぜかといえば、門にぶらさげてある学校の名前を書いた札《ふだ》が、風に吹《ふ》かれたのか、ななめになっていたからだった。

「トモエがくえん」

トットちゃんは、顔をななめにしたまま、表札《ひょうさつ》を読みあげた。そして、ママに、

「トモエって、なあに？」

と聞こうとしたときだった。トットちゃんの目の端《はし》に、夢《ゆめ》としか思えないものが見えたのだった。トットちゃんは、身をかがめると、門の植《う》えこみの、すき間に頭をつっこんで、門の中をのぞいてみた。どうしよう、見えたんだけど！

「ママ！　あれ、本当の電車？　校庭に並《なら》んでるの」

それは、走っていない、本当の電車が六台、教室用に、置かれてあるのだった。トットちゃんは、夢のように思った。〝電車の教室……〟。

電車の窓が、朝の光をうけて、キラキラと光っていた。目を輝《かがや》かして、のぞいているトットちゃんの、ホッペタも、光っていた。

気にいったわ

次の瞬間《しゅんかん》、トットちゃんは、「わーい」と歓声《かんせい》をあげると、電車の教室のほうにむかって走り出した。そして、走りながら、ママにむかって叫んだ。

「ねえ、早く、動かない電車に乗ってみよう!」

ママは、おどろいて走り出した。もとバスケットボールの選手だったママの足は、トットちゃんより速かったから、トットちゃんが、あと、ちょっとでドア、というときに、スカートをつかまえられてしまった。ママは、スカートのはしを、ぎっちり握ったまま、トットちゃんにいった。

「だめよ。この電車は、この学校のお教室なんだし、あなたは、まだ、この学校に入れていただいてないんだから。もし、どうしても、この電車に乗りたいんだったら、これからお目にかかる校長先生とちゃんと、お話してちょうだい。そして、うまくいったら、この学校に通《かよ》えるんだから。わかった？」

トットちゃんは、（いま乗れないのは、とても残念なことだ）と思ったけど、ママのいう通《とお》りにしようと決めたから、大きな声で、

「うん」

といって、それから、いそいで、つけたした。

「私、この学校、とっても気に入ったわ」

ママは、トットちゃんが気にいったかどうかより、校長先生が、トットちゃんを気に入ってくださるかどうかが問題なのよ、といいたい気がしたけど、とにかく、トットちゃんのスカートから手を離し、手をつないで校長室のほうに歩き出した。どの電車も静かで、ちょっと前に、一時間目の授業が始まったようだった。あまり広くない校庭のまわりには、塀《へい》のかわりに、いろんな種類の木が植わっていて、花壇《かだん》には、赤や黄色の花がいっぱい咲《さ》いていた。

校長室は、電車ではなく、ちょうど、門から正面に見える扇型《おうぎがた》に広がった七段くらいある石の階段を上った、その右手にあった。

トットちゃんは、ママの手をふりきると、階段をかけ上って行ったが、急に止まっ

て、振《ふ》りむいた。だから、うしろから行ったママは、もう少しで、トットちゃんと正面衝突《しょうとつ》するところだった。

「どうしたの?」

ママは、トットちゃんの気がかわったのかと思って、いそいで聞いた。トットちゃんは、ちょうど階段の一番うえに立った形だったけど、まじめな顔をして、小声でママに聞いた。

「ねえ、これから逢《あ》いに行く人って、駅の人なんじゃないの?」

ママは、かなり辛抱《しんぼう》づよい人間だったから……というか、面白《おもしろ》がりやだったから、やはり小声になって、トットちゃんに顔をつけて、聞いた。

「どうして?」

トットちゃんは、ますます声をひそめていった。

「だってさ、校長先生って、ママいったけど、こんなに電車、いっぱい持ってるんだから、本当は、駅の人なんじゃないの?」

たしかに、電車の払《はら》い下げを校舎にしている学校なんて珍《めずら》しいから、トットちゃんの疑問《ぎもん》も、もっとものこと、とママも思ったけど、この際、説明してるヒマはないので、こういった。

「じゃ、あなた、校長先生に伺《うかが》ってごらんなさい、自分で。それと、あなたのパパのことを考えてみて？　パパはヴァイオリンを弾《ひ》く人で、いくつかヴァイオリンを持ってるけど、ヴァイオリン屋さんじゃないでしょう？　そういう人もいるのよ」

トットちゃんは、「そうか」というと、ママと手をつないだ。

校長先生

トットちゃんとママが入っていくと、部屋《へや》の中にいた男の人が椅子《いす》から立ちあがった。

その人は、頭の毛が薄《うす》くなっていて、前のほうの歯が抜《ぬ》けていて、顔の血色《けっしょく》がよく、背はあまり高くないけど、肩《かた》や腕が、がっちりしていて、ヨレヨレの黒の三つ揃《ぞろ》いを、キチンと着ていた。

トットちゃんは、いそいで、おじぎをしてから、元気よく聞いた。

「校長先生か、駅の人か、どっち？」

ママが、あわてて説明しよう、とする前に、その人は、笑いながら答えた。

「校長先生だよ」

トットちゃんは、とってもうれしそうにいった。

「よかった。じゃ、おねがい。私、この学校に入りたいの」

校長先生は、椅子《いす》をトットちゃんにすすめると、ママのほうを向いていった。

「じゃ、僕《ぼく》は、これからトットちゃんと話がありますから、もう、お帰りくださって結構《けっこう》です」

ほんのちょっとの間、トットちゃんは、少し心細い気がしたけど、なんとなく、(この校長先生とならいいや)と思った。ママは、いさぎよく先生にいった。

「じゃ、よろしく、お願いします」

そして、ドアを閉めて出ていった。

校長先生は、トットちゃんの前に椅子をひっぱって来て、とても近い位置に、むかい合わせに腰《こし》をかけると、こういった。

「さあ、なんでも、先生に話してごらん。話したいこと、全部」

「話したいこと!?」

（なにか聞かれて、お返事するのかな？）と思っていたトットちゃんは、「なんでも話していい」と聞いて、ものすごくうれしくなって、すぐ話し始めた。順序も、話しかたも、少しグチャグチャだったけど、一生懸命《いっしょうけんめい》に話した。

いま乗って来た電車が速かったこと。

駅の改札口のおじさんに、お願いしたけど、切符をくれなかったこと。

前に行ってた学校の受持ちの女の先生は、顔がきれいだということ。

その学校には、つばめの巣があること。

家には、ロッキーという茶色の犬がいて〝お手〟と〝ごめんくださいませ〟と、ごはんのあとで、〝満足《まんぞく》、満足〟が出来ること。

幼稚園《ようちえん》のとき、ハサミを口の中に入れて、チョキチョキやると、「舌《した》を切ります」と先生が怒ったけど、何回もやっちゃったっていうこと。

洟《はな》が出てきたときは、いつまでも、ズルズルやってると、ママに叱《しか》られるから、なるべく早くかむこと。

パパは、海で泳ぐのが上手《じょうず》で、飛び込みだって出来ること。

こういったことを、次から次と、トットちゃんは話した。先生は、笑ったり、うなずいたり、「それから？」とかいったりしてくださったから、うれしくて、トットちゃんは、いつまでも話した。でも、とうとう、話が無くなった。トットちゃんが、口をつぐんで考えていると、先生はいった。

「もう、ないかい？」

トットちゃんは、これでおしまいにしてしまうのは、残念だと思った。せっかく、話を、いっぱい聞いてもらう、いいチャンスなのに。

（なにか、話は、ないかなあ……）

頭の中が、いそがしく動いた。と思ったら、「よかった！」。話が見つかった。

それは、その日、トットちゃんが着てる洋服のことだった。たいがいの洋服は、ママが手製《てせい》で作ってくれるのだけれど、今日のは、買ったものだった。というのも、なにしろトットちゃんが夕方、外から帰って来たとき、どの洋服もビリビリで、ときには、ジャキジャキのときもあったし、どうしてそうなるのか、ママにも絶対《ぜったい》わからないのだけれど、白い木綿《もめん》でゴム入りのパンツまで、ビリビリになっているのだから。

トットちゃんの話によると、よその家の庭をつっきって垣根《かきね》をもぐったり、原っぱの鉄条網《てつじょうもう》の間をくぐるとき、「こんなになっちゃうんだ」ということなのだけれど、とにかく、そんな具合《ぐあい》で、結局《けっきょく》、今朝《けさ》、家を出るとき、ママの手製の、しゃれたのは、どれもビリビリで、仕方なく、前に買ったのを着てきたのだった。それはワンピースで、エンジとグレーの細かいチェックで、布地はジャージーだから、悪くはないけど、衿《えり》にしてある、花の刺繍《ししゅう》の、赤い色が、ママは、「趣味《しゅみ》が悪い」といっていた。そのことを、トットちゃんは、思い出したのだった。だから、いそいで椅子から降《お》りると、衿を手で持ち上げて、先生のそばに行き、こういった。

「この衿ね、ママ、嫌《きら》いなんだって！」

それをいってしまったら、どう考えてみても、本当に、話は、もう無くなった。トットちゃんは（少し悲しい）と思った。トットちゃんが、そう思ったとき、先生が立ち上がった。そして、トットちゃんの頭に、大きくて暖《あた》かい手を置くと、

「じゃ、これで、君は、この学校の生徒だよ」

そういった。……そのとき、トットちゃんは、なんだか、生まれて初めて、本当に

好きな人に逢《あ》ったような気がした。だって、生まれてから今日まで、こんな長い時間、自分の話を聞いてくれた人は、いなかったんだもの。そして、その長い時間のあいだ、一度だって、あくびをしたり、退屈《たいくつ》そうにしないで、トットちゃんが話してるのと同じように、身をのり出して、一生懸命、聞いてくれたんだもの。

トットちゃんは、このとき、まだ時計が読めなかったんだけど、それでも長い時間、と思ったくらいなんだから、もし読めたら、ビックリしたに違《ちが》いない。そして、もっと先生に感謝したに違いない。というのは、トットちゃんとママが学校に着いたのが八時で、校長室で全部の話が終わって、トットちゃんが、この学校の生徒になった、と決まったとき、先生が懐中時計《かいちゅうどけい》を見て、「ああ、お弁当《べんとう》の時間だな」といったから、つまり、たっぷり四時間、先生は、トットちゃんの話を聞いてくれたことになるのだった。

あとにも先にも、トットちゃんの話を、こんなにちゃんと聞いてくれた大人《おとな》は、いなかった。

それにしても、まだ小学校一年生になったばかりのトットちゃんが、四時間も、ひとりでしゃべるぶんの話があったことは、ママや、前の学校の先生が聞いたら、きっと、びっくりするに違いないことだった。

このとき、トットちゃんは、まだ退学のことはもちろん、まわりの大人が、手こずってることも、気がついていなかったし、もともと性格も陽気で、忘れっぽいタチだったから、無邪気《むじゃき》に見えた。でも、トットちゃんの中のどこかに、なんとなく、疎外《そがい》感《かん》のような、他の子供と違って、ひとりだけ、ちょっと、冷たい目で見られているようなものを、おぼろげには感じていた。それが、この校長先生といると、安心で、暖かくて、気持ちがよかった。

（この人となら、ずーっと一緒にいてもいい）

これが、校長先生、小林宗作氏に、初めて逢った日、トットちゃんが感じた、感想だった。そして、有難《ありがた》いことに、校長先生も、トットちゃんと、同じ感想を、そのとき、持っていたのだった。

お弁《べん》当《とう》

トットちゃんは、校長先生に連れられて、みんなが、お弁当を食べるところを、見に行くことになった。お昼だけは、電車でなく、「みんな、講堂《こうどう》に集まることになっている」と校長先生が教えてくれた。講堂は、さっきトットちゃんが上って来た石の階段の、つきあたりにあった。行ってみると、生徒たちが、大さわぎをしながら、机と椅子を、講堂に、まーるく輪になるように、並べているところだった。隅《すみ》っこで、それを見ていたトットちゃんは、校長先生の上着をひっぱって聞いた。

「他の生徒は、どこにいるの？」

校長先生は答えた。

「これで全部なんだよ」

「全部!?」

　トットちゃんは、信じられない気がした。だって、前の学校の一クラスと同じくらいしか、いないんだもの。そうすると、

「学校じゅうで、五十人くらいなの？」

　校長先生は、「そうだ」といった。トットちゃんは、なにもかも、前の学校と違ってると思った。

　みんなが着席すると、校長先生は、

「みんな、海のものと、山のもの、持って来たかい？」

と聞いた。

「はーい」

　みんな、それぞれの、お弁当の、ふたを取った。

「どれどれ」

　校長先生は、机で出来た円の中に入ると、ひとりずつ、お弁当をのぞきながら、歩いている。生徒たちは、笑ったり、キイキイいったり、にぎやかだった。

「海のものと、山のもの、って、なんだろう」

　トットちゃんは、おかしくなった。でも、とっても、とっても、この学校は変わっ

ていて、面白そう。お弁当の時間が、こんなに、愉快《ゆかい》で、楽しいなんて、知らなかった。トットちゃんは、明日からは、自分も、あの机にすわって、『海のものと、山のもの』のお弁当を、校長先生に見てもらうんだ、と思うと、もう、うれしさと、楽しみで、胸がいっぱいになり、叫びそうになった。

お弁当を、のぞきこんでる校長先生の肩に、お昼の光が、やわらかく止まっていた。

今日から学校に行く

きのう、「今日から、君は、もう、この学校の生徒だよ」、そう校長先生にいわれたトットちゃんにとって、こんなに次の日が待ち遠しい、ってことは、今までになかった。だから、いつもなら朝、ママが叩《たた》き起こしても、まだベッドの上でボンヤリしてることの多いトットちゃんが、この日ばかりは、誰からも起こされない前に、もうソックスまではいて、ランドセルを背負《せお》って、みんなの起きるのを待っていた。

この家の中で、いちばん、きちんと時間を守るシェパードのロッキーは、トットちゃんの、いつもと違う行動に、けげんそうな目をむけながら、それでも、大きくのびをすると、トットちゃんにぴったりとくっついて、(なにか始まるらしい)ことを期《き》待《たい》した。

ママは大変だった。大忙《おおいそが》しで、『海のものと山のもの』のお弁当を作り、トットちゃんに朝御《あさご》飯《はん》をたべさせ、毛糸で編《あ》んだヒモを通した、セルロイドの定期入れを、トットちゃんの首にかけた。これは定期を、なくさないためだった。パパは、

「いい子でね」

と頭をモシャモシャにしたままいった。

「もちろん!」

と、トットちゃんはいうと、玄関《げんかん》で靴《くつ》をはき、戸をあけると、クルリと家の中をむき、ていねいにおじぎをして、こういった。

「みなさま、行ってまいります」

見送りに立っていたママは、ちょっと涙《なみだ》が出そうになった。それは、こんなに生き

生きとしてお行儀《ぎょうぎ》よく、素直《すなお》で、楽しそうにしてるトットちゃんが、つい、このあいだ、「退学になった」、ということを思い出したからだった。（新しい学校で、うまくいくといい……）ママは心からそう祈《いの》った。

ところが、次の瞬間、ママは、とび上がるほど驚いた。というのは、トットちゃんが、せっかくママが首からかけた定期を、ロッキーの首にかけているのを見たからだった。ママは、（いったいどうなるのだろう？）と思ったけど、だまって、なりゆきを見ることにした。トットちゃんは、定期をロッキーの首にかけると、しゃがんで、ロッキーに、こういった。

「いい？　この定期のヒモは、あんたには、合わないのよ」

たしかに、ロッキーにはヒモが長く、定期は地面をひきずっていた。

「わかった？　これは私の定期で、あんたのじゃないから、あんたは電車に乗れないの。校長先生に聞いてみるけど、駅の人にも。で、『いい』っていったら、あんたも学校に来られるんだけど、どうかなあ」

ロッキーは、途中《とちゅう》までは、耳をピンと立てて神妙《しんみょう》に聞いていたけど、説明の終わりのところで、定期を、ちょっと、なめてみて、それから、あくびをした。それでも、トットちゃんは、一生懸命《いっしょうけんめい》に話し続けた。

「電車の教室は、動かないから、お教室では、定期は要《い》らないと思うんだ。とにかく、今日は待ってるのよ」

たしかにロッキーは、いままで、歩いて通う学校の門まで、毎日、トットちゃんと一緒に行って、あとは、ひとりで家に帰って来ていたから、今日も、そのつもりでいた。

トットちゃんは、定期をロッキーの首からはずすと、たいせつそうに自分の首にかけると、パパとママに、もう一度、

「行ってまいりま〜す」

というと、今度はふり返らずに、ランドセルをカタカタいわせて走り出した。ロッキーも、からだをのびのびさせながら、並んで走り出した。

駅までの道は、前の学校に行く道と、ほとんど変わらなかった。だから、途中でトットちゃんは、顔見知りの犬や猫《ねこ》や、前の同級生と、すれ違った。トットちゃんは、そのたびに、

「定期を見せて、おどろかせてやろうかな？」

と思ったけど、（もし遅《おそ》くなったら大変だから、今日は、よそう……）と決めて、どんどん歩いた。

駅のところに来て、いつもなら左に行くトットちゃんが、右に曲《ま》がったので、可哀《かわい》そうにロッキーは、とても心配そうに立ち止まって、キョロキョロした。トットちゃんは、改札口のところまで行ったんだけど、もどって来て、まだ不思議そうな顔をしてるロッキーにいった。

「もう、前の学校には行かないのよ。新しい学校に行くんだから」

それからトットちゃんは、ロッキーの顔に、自分の顔をくっつけ、ついでにロッキーの耳の中の、においをかいだ。（いつもと同じくらい、くさいけれど、私には、いい、においい！）そう思うと顔をはなして、

「バイバイ」

というと、定期を駅の人に見せて、ちょっと高い駅の階段を、のぼり始めた。ロッキーは、小さい声で鳴いて、トットちゃんが階段を上っていくのを、いつまでも見送っていた。

電車の教室

　トットちゃんが、きのう、校長先生から教えていただいた、自分の教室である、電車のドアに手をかけたとき、まだ校庭には、誰《だれ》の姿も見えなかった。今と違って、昔の電車は、外から開くように、ドアに取手《とって》がついていた。両手で、その取手を持って、右に引くと、ドアは、すぐ開いた。トットちゃんは、ドキドキしながら、そーっと、首をつっこんで、中を見てみた。

「わあーい‼」

　これなら、勉強しながら、いつも旅行をしてるみたいじゃない。網棚《あみだな》もあるし、窓も全部、そのままだし。違うところは、運転手さんの席のところに黒板があるのと、電車の長い腰《こし》かけを、はずして、生徒用の机と腰かけが進行方向にむいて並んでいるのと、つり革《かわ》がないところだけ。あとは、天井《てんじょう》も床《ゆか》も、全部、電車のままになっていた。トットちゃんは靴《くつ》をぬいで中に入り、誰かの机のところに腰かけてみた。前の学校と、同じような木の椅子《いす》だったけど、それは、いつまでも腰かけていたいくらい、気持ちのいい椅子だった。トットちゃんは、うれしくて、（こんな気に入った学校は、絶対に、お休みなんかしないで、ずーっとくる）と、強く心に思った。

それからトットちゃんは、窓から外を見ていた。すると、動いていないはずの電車なのに、校庭の花や木が、少し風に揺《ゆ》れているせいか、電車が走っているような気持ちになった。

「ああ、うれしいなあ——」

トットちゃんは、とうとう声に出して、そういった。それから、顔をぺったリガラス窓にくっつけると、いつも、うれしいとき、そうするように、デタラメ歌を、うたいはじめた。

とても　うれし
うれし　とても
どうしてかっていえば……

そこまで歌ったとき、誰かが乗りこんできた。女の子だった。その子は、ノートと筆箱《ふでばこ》をランドセルから出して机の上に置くと、背のびをして、網棚にランドセルをのせた。それから草履袋《ぞうりぶくろ》も、のせた。トットちゃんは歌をやめて、いそいで、まねをした。次に、男の子が乗ってきた。その子は、ドアのところから、バスケットボールのように、ランドセルを、網棚に投げこんだ。網棚の、網は、大きく波うつと、ランドセルを、投げ出した。ランドセルは、床に落ちた。その男の子は、「失敗！」というと、またもや、同じところから、網棚めがけて、投げこんだ。今度は、うまく、おさまった。「成功！」と、その子は叫ぶと、すぐ、「失敗！」といって、机によじのぼると、網棚のランドセルを開けて、筆箱《ふでばこ》やノートを出した。そういうのを出すのを忘れたから、失敗だったに違いなかった。

こうして、九人の生徒が、トットちゃんの電車に乗り込んで来て、それが、トモエ学園の、一年生の全員だった。

そしてそれは、同じ電車で旅をする、仲間だった。

授《じゅ》　業《ぎょう》

お教室が本当の電車で、〃かわってる〃と思ったトットちゃんが、次に〃かわってる〃と思ったのは、教室で座《すわ》る場所だった。前の学校は、誰かさんは、どの机、隣《となり》は誰、前は誰、と決まっていた。ところが、この学校は、どこでも、その日の気分《きぶん》や都《つ》合《ごう》で、毎日、好きなところに座っていいのだった。

そこでトットちゃんは、さんざん考え、そして見回したあげく、朝、トットちゃんの次に教室に入って来た女の子の隣に座ることに決めた。なぜなら、この子が、長い耳をした兎《うさぎ》の絵のついた、ジャンパー・スカートをはいていたからだった。

でも、なによりも〃かわっていた〃のは、この学校の、授業のやりかただった。

ふつうの学校は、一時間目が国語なら、国語をやって、二時間目が算数なら、算数、という風《ふう》に、時間割の通りの順番なのだけど、この点、この学校は、まるっきり違っていた。

なにしろ、一時間目が始まるときに、その日、一日やる時間割の、全部の科目の問題を、女の先生が、黒板にいっぱいに書いちゃって、

「さあ、どれでも好きなのから、始めてください」

といったんだ。だから生徒は、国語であろうと、算数であろうと、自分の好きなのから始めていっこうに、かまわないのだった。だから、作文の好きな子が、作文を書いていると、うしろでは、物理の好きな子が、アルコール・ランプに火をつけて、フラスコをブクブクやったり、なにかを爆発《ばくはつ》させてる、なんていう光景は、どの教室でも見られることだった。この授業のやりかたは、上級になるに従《したが》って、その子供の興味《きょうみ》を持っているもの、興味の持ちかた、物の考えかた、そして、個性、といったものが、先生に、はっきりわかってくるから、先生にとって、生徒を知る上で、何よりの勉強法だった。

また、生徒にとっても、好きな学科からやっていい、というのは、うれしいことだったし、嫌《きら》いな学科にしても、学校が終わる時間までに、やればいいのだから、なんとか、やりくり出来た。従って、自習の形式が多く、いよいよ、わからなくなってく

ると、先生のところに聞きに行くか、自分の席に先生に来ていただいて、納得《なっとく》のいくまで、教えてもらう。そして、例題をもらって、また自習に入る。これは本当の勉強だった。だから、先生の話や説明を、ボンヤリ聞く、といった事は、ないにひとしかった。

トットちゃん達《たち》、一年生は、まだ自習をするほどの勉強を始めていなかったけど、それでも、自分の好きな科目から勉強する、ということには、かわりなかった。

カタカナを書く子。絵を描く子。本を読んでる子。中には、体操《たいそう》をしている子もいた。トットちゃんの隣の女の子は、もう、ひらがなが書けるらしく、ノートに写していた。トットちゃんは、なにもかもが珍《めずら》しくて、ワクワクしちゃって、みんなみたいに、すぐ勉強、というわけにはいかなかった。

そんなとき、トットちゃんのうしろの机の男の子が立ち上がって、黒板のほうに歩き出した。ノートを持って。黒板の横の机で、他の子に何かを教えている先生のところに行くらしかった。その子の歩くのを、うしろから見たトットちゃんは、それまでキョロキョロしてた動作《どうさ》をピタリと止めて、ほおづえをつき、じーっと、その子を見つめた。その子は、歩くとき、足をひきずっていた。とっても、歩くとき、からだがゆれた。始めは、わざとしているのか、と思ったくらいだった。でも、やっぱり、わざとじゃなくて、そういう風になっちゃうんだ、と、しばらく見ていたトットちゃんにわかった。

その子が、自分の机にもどって来るのを、トットちゃんは、さっきの、ほおづえのまま、見た。目と目が合った。その男の子は、トットちゃんを見ると、ニコリと笑った。トットちゃんも、あわてて、ニコリとした。その子が、うしろの席に座ると、——座るのも、他の子より、時間がかかったんだけど——トットちゃんは、クルリと振りむいて、その子に聞いた。

「どうして、そんなふうに歩くの？」

その子は、やさしい声で静かに答えた。とても利口《りこう》そうな声だった。

「俺、小児麻痺《しょうにまひ》なんだ」

「しょうにまひ？」

トットちゃんは、それまで、そういう言葉を聞いたことがなかったから、聞き返した。その子は、少し小さい声でいった。

「そう、小児麻痺。足だけじゃないよ。手だって……」

そういうと、その子は、長い指《ゆび》と指が、くっついて、曲がったみたいになった手を出した。トットちゃんは、その左手を見ながら、

「なおらないの？」

と心配になって聞いた。その子は、だまっていた。トットちゃんは、悪いことを聞いたのかと悲しくなった。すると、その子は、明るい声でいった。

「僕の名前は、やまもとやすあき。君は？」

トットちゃんは、その子が元気な声を出したので、うれしくなって、大きな声でいった。

「トットちゃんよ」

こうして、山本泰明ちゃんと、トットちゃんのお友達づきあいが始まった。

電車の中は、暖かい日差しで、暑いくらいだった。誰かが、窓を開けた。新しい春の風が、電車の中を通り抜け、子供たちの髪《かみ》の毛が歌っているように、とびはねた。

トットちゃんの、トモエでの一日目は、こんな風に始まったのだった。

海のものと山のもの

さて、トットちゃんが待ちに待った『海のものと山のもの』のお弁当の時間が来た。この『海のものと山のもの』って、なにか、といえば、それは、校長先生が考えた、お弁当のおかずのことだった。ふつうなら、お弁当のおかずについて、「子供が好《す》き嫌《きら》いをしないように、工夫《くふう》してください」とか、「栄養が、片寄らないようにお願いします」とか、いうところだけど、校長先生はひとこと、

「海のものと、山のものを持たせてください」

と、子供たちの家の人に、頼《たの》んだ、というわけだった。

山は……例《たと》えば、お野菜《やさい》とか、お肉とか（お肉は山でとれるってわけじゃないけど、大きく分けると、牛とか豚《ぶた》とかニワトリとかは、陸に住んでいるのだから、山のほうに入るって考え）、海は、お魚とか、佃煮《つくだに》とか。この二種類を、必ずお弁当のお

かずに入れてほしい、というのだった。

（こんなに簡単《かんたん》に、必要なことを表現できる大人は、校長先生の他には、そういない）とトットちゃんのママは、ひどく感心していた。しかも、ママにとっても、海と山とに、わけてもらっただけで、おかずを考えるのが、とても面倒《めんどう》なことじゃなく思えてきたから、不思議だった。それに校長先生は、海と山といっても、〝無理をしないこと〟〝ぜいたくしないこと〟といってくださったから、山は〝キンピラゴボウと玉子焼〟で海は〝おかか〟という風《ふう》でよかったし、もっと簡単な海と山を例にすれば、〝おのりと梅干《うめぼ》し〟でよかったのだ。

そして子供たちは、トットちゃんが初めて見た時に、とっても、うらやましく思ったように、お弁当の時間に、校長先生が、自分たちのお弁当箱の中をのぞいて、

「海のものと、山のものは、あるかい？」

と、ひとりずつ確かめてくださるのが、うれしかったし、それから、自分たちも、どれが海で、どれが山かを発見するのも、ものすごいスリルだった。

でも、たまには、母親が忙しかったり、あれこれ手がまわらなくて、山だけだったり、海だけという子もいた。そういうときは、どうなるのか、といえば、その子は心

配しないでいいのだった。なぜなら、お弁当の中をのぞいて歩く校長先生の後から、白い、かっぽうまえかけをかけた、校長先生の奥《おく》さんが、両手に、おなべをひとつずつ持って、ついて歩いていた。そして先生が、どっちか足りない子の前で、

「海！」

というと、奥さんは、海のおなべから、ちくわの煮《に》たのを、二個くらい、お弁当箱のふたに、のせてくださったし、先生が、

「山！」

といえば、もう片ほうの、山のおなべから、おいもの煮ころがしが、とび出す、というふうだったから。

こんなわけだったので、どの子供たちも、「ちくわが嫌《きら》い」なんて、そんなことは、いわなかったし、（誰《だれ》のおかずが上等で、誰のおかずが、いつも、みっともない）なんて思わなくて、海と山とが揃《そろ》った、ということが、うれしくて、お互《たが》いに笑いあったり、叫んだりするのだった。

トットちゃんにも、やっと、『海のものと山のもの』が、なんだかわかった。そしたら、（ママが、今朝《けさ》、大急行で作ってくれたお弁当は、大丈夫《だいじょうぶ》かな？）と少し心配

になった。でも、ふたをとったとき、トットちゃんが、

「わあーい」

といいそうになって、口を押《おさ》えたくらい、それは、それは、ステキなお弁当だった。黄色のいり卵、グリンピース、茶色のデンブ、ピンク色の、タラコをパラパラに炒《い》ったの、そんな、いろんな色が、お花畑みたいな模様《もよう》になっていたのだもの。

校長先生は、トットちゃんのを、のぞきこむと、

「きれいだね」

といった。トットちゃんは、うれしくなって、

「ママは、とっても、おかず上手《じょうず》なの」

といった。校長先生は、

「そうかい」

といってから、茶色のデンブを指して、トットちゃんに、

「これは、海かい？　山かい？」

と聞いた。トットちゃんは、デンブを、ジーっと見て、

「これは、どっちだろう」

と考えた。（色からすると、山みたいだけど。だって、土みたいな色だからさ。でも……わかんない）そう思ったので、

「わかりません」

と答えた。すると、校長先生は、大きな声で、

「デンブは、海と山と、どっちだい？」

と、みんなに聞いた。ちょっと考える間《ま》があって、みんな一斉《いっせい》に、「山！」とか、「海！」とか叫んで、どっちとも決まらなかった。みんなが叫び終わると、校長先生は、いった。

「いいかい、デンブは、海だよ」

「なんで」

と、肥《ふと》った男の子が聞いた。校長先生は、机の輪《わ》のまん中に立つと、

「デンブは、魚の身をほぐして、細かくして、炒《い》って作ったものだからさ」

と説明した。

「ふーん」

と、みんなは、感心した声を出した。そのとき誰かが、

「先生、トットちゃんのデンプ、見てもいい？」

と聞いた。校長先生が、

「いいよ」

というと、学校中の子が、ゾロゾロ立って来て、トットちゃんのデンプを見た。デンプは知ってて、食べたことはあっても、いまの話で、急に興味が出てきた子も、また、自分の家のデンプと、トットちゃんのと、少し、かわっているのかな？　と思って、見たい子もいるに違いなかった。デンプを見にきた子の中には、においをかぐ子もいたので、トットちゃんは、鼻息《はないき》で、デンプが飛ばないか、と心配になったくらいだった。

でも、初めてのお弁当の時間は、少しドキドキはしたけど、楽しくて、『海のものと山のもの』を考えるのも面白いし、デンプがお魚ってわかったし、ママは、『海のものと山のもの』を、ちゃんと入れてくれたし、トットちゃんは、（ぜんぶ、よかったな）と、うれしくなった。そして、次に、うれしいのは、ママのお弁当は、たべると、おいしいことだった。

よく噛《か》めよ

で、ふつうなら、これで、「いただきまーす」になるんだけど、このトモエ学園は、ここで、合唱が入るのが、また、かわっていた。校長先生は、音楽家でもあったから、『お弁当をたべる前に歌う歌』というのを作った。ただし、これは、作曲が、イギリス人で、歌詞《かし》だけが、校長先生だった。というより、本当は、もともとあった曲に、先生が替《か》え歌をつけた、というのが、正しいのだけれど。もともとの曲は、あの有名な『船をこげよ（Row Your Boat)』

〽ロー　ロー　ロー　ユアー　ボート
ジェントリー　ダウン　ザ　ストゥリーム
メリリー　メリリー　メリリー　メリリー
ライフ　イズ　バット　ア　ドリーム

で、これに校長先生がつけた歌詞は、次のようだった。

〽よーく　嚙めよ
たべものを
嚙めよ　嚙めよ　嚙めよ　嚙めよ
たべものを

そして、これを歌い終わると、初めて、「いただきまーす」になるのだった。

〝ロー　ロー　ロー　ユアー　ボート〟のメロディーに、〝よーく　嚙めよ〟は、ぴったりとあった。だから、この学校の卒業生は、随分《ずいぶん》と大きくなるまで、このメロディーは、お弁当の前に歌う歌だ、と信じていたくらいだった。校長先生は、自分の歯が抜けていたので、この歌を作ったのかもしれないけど、本当は、「よく嚙めよ」というより、お食事は、時間をかけて、楽しく、いろんなお話をしながら、ゆっくり食べるものだ、と、いつも生徒に話していたから、そのことを忘れないように、この歌を作ったのかもしれなかった。さて、みんなは、大きな声で、この歌を歌うと、「いただきまーす」といって、『海のものと山のもの』に、とりかかった。トットちゃんも、もちろん、同じようにした。

講堂は、一瞬だけ、静かになった。

散《さん》歩《ぽ》

お弁当のあと、みんなと校庭で走りまわったトットちゃんが、電車の教室にもどると、女の先生が、

「みなさん、今日は、とてもよく勉強したから、午後は、なにをしたい？」

と聞いた。トットちゃんが、（えーと、私のしたいこと、っていえば……）なんて考えるより前に、みんなが口々に、

「散歩！」

といった。すると先生は、

「じゃ、行きましょう」

といって立ち上がり、みんなも、電車のドアを開けて、靴《くつ》をはいて、とび出した。

トットちゃんは、パパや犬のロッキーと、散歩に行ったことはあるけど、学校で、散歩に行く、って知らなかったから、びっくりした。でも、散歩は大好きだから、トットちゃんも、急いで靴をはいた。

あとでわかったことだけど、先生が朝の一時間目に、その日、一日やる時間割の問題を黒板に書いて、みんなが、頑張《がんば》って、午前中に、全部やっちゃうと、午後は、たいがい散歩になるのだった。これは一年生でも、六年生でも同じだった。

学校の門を出ると、女の先生を、まん中にして、九人の一年生は、小さい川に沿《そ》って歩き出した。川の両側には、ついこの間まで満開《まんかい》だった、桜《さくら》の大きい木が、ずーっと並んでいた。そして見渡《みわた》す限り、菜《な》の花畑だった。今では、川も埋《う》めたてられ、団地やお店でギュウヅメの自由が丘も、この頃《ころ》は、ほとんどが畑だった。

「お散歩は、九品仏《くほんぶつ》よ」

と、兎《うさぎ》の絵のジャンパー・スカートの、女の子がいった。この子は、〝サッコちゃん〟という名前だった。それからサッコちゃんは、

「九品仏の池のそばで、この前、蛇《へび》を見たわよ」とか、「九品仏のお寺の古い井戸《いど》の中に、流れ星が落ちてるんだって」

とか教えてくれた。みんなは、勝手に、おしゃべりしながら歩いていく。空は青く、蝶々《ちょうちょう》が、いっぱい、あっちにも、こっちにも、ヒラヒラしていた。十分くらい歩いたところで、女の先生は、足を止めた。そして、黄色い菜の花を指《さ》して、

「これは、菜の花ね。どうして、お花が咲くか、わかる？」

といった。そして、それから、メシベとオシベの話をした。生徒は、みんな道にしゃがんで、菜の花を観察した。先生は、蝶々も、花を咲かせるお手伝《てつだ》いをしている、といった。本当に、蝶々は、お手伝いをしているらしく、忙しそうだった。

それから、また先生は歩き出したから、みんなも、観察はおしまいにして、立ち上がった。誰《だれ》かが、

「オシベと、アカンベは違うよね」

とか、いった。トットちゃんは、（違うんじゃないかなあ！）と思ったけど、よく、わかんなかった。でも、オシベとメシベが大切、ってことは、みんなと同じように、よくわかった。

そして、また十分くらい歩くと、こんもりした小さな森が見えてきて、それが九品

仏のお寺だった。

境内《けいだい》に入ると、みんな、見たいもののほうに、キャアキャアいって走っていった。

サッコちゃんが、

「流れ星の井戸を見に行かない?」

といったので、もちろん、トットちゃんは、

「うん」

といって、サッコちゃんの後について走った。井戸っていっても、石みたいので出来ていて、二人の胸のところくらいまであり、木のふたがしてあった。二人でふたを取って、下をのぞくと中は真《ま》っ暗《くら》で、よく見ると、コンクリートの固まりか、石のかたまりみたいのが入っているだけで、トットちゃんが想像してたみたいな、キラキラ光る星は、どこにも見えなかった。長いこと、頭を井戸の中につっこんでいたトットちゃんは、頭をあげると、サッコちゃんに聞いた。

「お星さま、見た?」

サッコちゃんは、頭をふると、

「一度も、ないの」

といった。トットちゃんは、どうして光らないか、を考えた。そして、いった。

「お星さま、いま、寝《ね》てるんじゃないの？」

サッコちゃんは、大きい目を、もっと大きくしていった。

「お星さまって、寝るの？」

トットちゃんは、あまり確信がなかったから、早口でいった。

「お星さまは、昼間、寝てて、夜、起きて、光るんじゃないか、って思うんだ」

それから、みんなで、仁王《におう》さまのお腹《なか》を見て笑ったり、薄暗いお堂の中の仏さまを、（少し、こわい）と思いながらも、のぞいたり、天狗《てんぐ》さまの大きな足跡《あしあと》の残ってる石に、自分の足をのせてくらべてみたり、池のまわりをまわって、ボートに乗ってる人に、「こんちは」といったり、お墓のまわりの、黒いツルツルの、あぶら石を借りて、石けりをしたり、もう満足するぐらい、遊んだ。特《とく》に、初めてのトットちゃんは、もう興奮《こうふん》して、次から次と、なにかを発見しては、叫び声をあげた。

春の陽差《ひざ》しが、少し傾《かたむ》いた。先生は、

「帰りましょう」

といって、また、みんな、菜の花と桜の木の間の道を、並んで、学校にむかった。

子供たちにとって、自由で、お遊びの時間と見える、この『散歩』が、実は、貴重な、理科や、歴史や、生物の勉強になっているのだ、ということを、子供たちは気がついていなかった。

トットちゃんは、もう、すっかり、みんなと友達になっていて、前から、ずーっと一緒にいるような気になっていた。だから、帰り道に、

「明日も、散歩にしよう!」

と、みんなに大きい声でいった。みんなは、とびはねながら、いった。

「そうしよう」

蝶々は、まだまだ忙しそうで、鳥の声が、近くや遠くに聞こえていた。

トットちゃんの胸は、なんか、うれしいもので、いっぱいだった。

校 歌

トットちゃんには、本当に、新しい驚きで、いっぱいの、トモエ学園での毎日が過ぎていった。

あいかわらず、学校に早く行きたくて、朝が待ちきれなかった。そして、帰って来ると、犬のロッキーと、ママとパパに、「今日、学校で、どんなことをして、どのくらい面白かった」とか、「もう、びっくりしちゃった」とか、しまいには、ママが、「話は、ちょっとお休みして、おやつにしたら?」

というまで、話をやめなかった。そして、これは、どんなにトットちゃんが、学校に馴《な》れてもやっぱり、毎日のように、話すことは、山のように、あったのだった。

(でも、こんなに話すことがたくさんあるってことは、有難《ありがた》いこと)

と、ママは、心から、うれしく思っていた。

ある日、トットちゃんは、学校に行く電車の中で、突然《とつぜん》、

「あれ？　トモエに校歌って、あったかな？」

と考えた。そう思ったら、もう、早く学校に着きたくなって、まだ、あと二つも駅があるのにドアのところに立って、自由が丘に電車が着いたら、すぐ出られるように、ヨーイ・ドンの恰好《かっこう》で待った。一つ前の駅で、ドアが開いたとき、乗りこもうとした、おばさんは、女の子が、ドアのところで、ヨーイ・ドンの形になってるので、降《お》りるのか、と思ったら、そのままの形で動かないので、

「どうなっちゃってるのかね」

といいながら、乗りこんで来た。

こんな具合だったから、駅に着いたときの、トットちゃんの早く降りたこととといったら、なかった。若い男の車掌《しゃしょう》さんが、しゃれたポーズで、まだ、完全に止まっていない電車から、プラットホームに片足をつけて、降りながら、

「自由が丘！　お降りのかたは……」

といったとき、もう、トットちゃんの姿は、改札口から、見えなくなっていた。

学校に着いて、電車の教室に入ると、トットちゃんは、先に来ていた、山内泰二君《やまのうちたいじ》に、すぐ聞いた。

「ねえ、タイちゃん。この学校って、校歌ある？」

物理の好きな泰《たい》ちゃんは、とても、考え深そうな声で答えた。

「ないんじゃないかな？」

「ふーん」

と、トットちゃんは、少し、もったいをつけて、それから、

「あったほうが、いいと思うんだ。前の学校なんて、すごいのが、あったんだから！」

といって、大きな声で歌い始めた。

「せんぞくいけはあさけれどいじんのむねをふかくくみ（洗足池は浅けれど、偉人の胸を深く汲《く》み）」

これが、前の学校の校歌だった。ほんの少ししか通わなかったし、一年生には、むずかしい言葉だったけど、トットちゃんは、ちゃんと、覚えていた。

（ただし、この部分だけだったけど）

聞き終わると、泰ちゃんは、少し感心したように、頭を二回くらい、かるく振ると、

「ふーん」

といった。その頃《ころ》には、他の生徒も来ていて、みんなも、トットちゃんの、むずかしい言葉に尊敬《そんけい》と、憧《あこが》れをもったらしく、

「ふーん」

といった。トットちゃんは、いった。

「ねえ、校長先生に、校歌、作ってもらおうよ」

みんなも、そう思ったところだったから、

「そうしよう、そうしよう」

といって、みんなで、ゾロゾロ校長室に行った。

校長先生は、トットちゃんの歌を聞き、みんなの希望を聞くと、

「よし、じゃ、明日の朝までに作っておくよ」

といった。みんなは、

「約束《やくそく》だよ」

といって、また、ゾロゾロ教室にもどった。

さて、次の日の朝だった。各教室に、校長先生から、〃みんな、校庭に集まるように〃という、ことづてがあった。トットちゃん達は、期《き》待《たい》で胸を、ワクワクさせながら校庭に集まった。校長先生は、校庭のまん中に、黒板を運び出すと、いった。

「いいかい、君たちの学校、トモエの校歌だよ」

そして黒板に、五線を書くと、次のように、オタマジャクシを並べた。

それから、校長先生は、手を指揮者《しきしゃ》のように、大きくあげると、

「さあ、一緒に歌おう！」

といって、手を振り下ろした。全校生徒、五十人は、みんな、先生の声に合わせて、歌った。

「トモエ、トモエ、トーモエ！」

「……これだけ？」

ちょっとした間があって、トットちゃんが聞いた。校長先生は、得意《とくい》そうに答えた。

「そうだよ」

トットちゃんは、ひどく、がっかりした声で、先生にいった。

「もっと、むずかしいのが、よかったんだ。センゾクイケハアサケレドーみたいなの」

先生は、顔を真《ま》っ赤《か》にして、笑いながらいった。

「いやかい？　これ、いいと思うけどな」

結局、他の子供たちも、

「こんなカンタン過ぎるのなら、いらない」
といって、断わった。先生は、ちょっと残念そうだったけど、別に怒りもしないで、黒板消しで、消してしまった。トットちゃんは、少し（先生に悪かったかな）と思ったけど、（ほしかったのは、もっと偉《えら》そうなヤツだったんだもの、仕方がないや）と考えた。

本当は、こんなに簡単で、『学校を、そして子供たち』を愛する校長先生の気持ちがこもった校歌はなかったのに、子供たちには、まだ、それがわからなかった。そして、その後、子供たちも校歌のことは忘れ、先生も要《い》らないと思ったのか、黒板消しで消したまま、最後まで、トモエには、校歌って、なかった。

もどしとけよ

今日は、トットちゃんにとって、大仕事の日だった。どうしてかっていうと、いちばん大切《たいせつ》にしてる、お財布《さいふ》を、トットちゃんは、学校のトイレに落としてしまったからだった。お金は、ぜんぜん入っていなかったけど、トイレに持っていくくらい、大切なお財布だった。それは、赤とか黄色とか緑とかのチェックのリボン地で出来ていて、形は四角いペタンコで、三角形のベロ式の蓋《ふた》がついていて、ホックのところに、銀色のスコッチ・テリアの形のブローチみたいのがついてる、本当に、しゃれたものだった。

だいたい、トットちゃんは、トイレに行って、用事が済《す》んだあと、下をのぞきこむ、不思議なクセが、小さいときからあった。そのために、小学校にあがる前に、すでに、麦わらのとか、白いレースとかの帽子《ぼうし》を、いくつも下に落としていた。今のように水洗《すいせん》ではなく、その頃《ころ》は、汲《く》み取《と》り式で、下は水槽《すいそう》になっていたから、帽子はたいがい、そこに浮《う》かんで、そのままになった。だから、ママは、いつも、「用事が済んでも、下を見ないこと！」と、トットちゃんに、いっていた。

それなのに、この日、学校が始まる前にトイレに行って、つい、見てしまったのだ。その途端《とたん》持ちかたが悪かったのか、その大切なお財布が、〝ポチャン〟と下に落ちてしまい、トットちゃんが、

「あーあ‼」

と悲鳴をあげたとき、下の暗やみの、どこにも、もうお財布は、見えなかった。

そこで、すぐ、トットちゃんが、どうしたかっていうと、泣いたり、あきらめたりはしなくって、すぐ、小使いの小父《おじ》さん（今の用務員さん）の物置きに走っていった。そして、水まき用の、ひしゃくを、かついで持って来た。まだ小さいトットちゃんには、ひしゃくの柄《え》が、体の倍くらいあったけど、そんなこと、かまわなかった。トットちゃんは、学校の裏にまわると、汲み取り口を探した。トイレの外側の壁のあたりにあるかと思ったけど、どこにもないので、随分《ずいぶん》さがしたら壁《かべ》から一メートルぐらい離れた、地面に、丸いコンクリートのふたがあり、それが、どうやら、汲み取り口らしいと、トットちゃんは判断した。やっとこ、それを動かすと、ポッカリ穴があいて、そこは、まぎれもなく、汲み取り口だった。頭をつっこんで、のぞいてから、トットちゃんは、いった。

「なんだか、九品仏《くほんぶつ》の池くらい大きい」

それから、トットちゃんの、大仕事が始まった。ひしゃくを中に、つっこんで、汲み出し始めたのだった。初めは、だいたい落ちた方向のあたりをしゃくったけれど、なにしろ、深いのと、暗いのと、上は三つのドアで区切ってあるトイレが、下は一つの池になっているのだから、かなりの大きさだった。そして、頭をつっこみ過ぎると、中に落ちそうになるので、なんでもいいから、汲むことにして、汲み出したものは、穴のまわりに、つみあげた。勿論《もちろん》、一《ひと》しゃくごとに、お財布が、まじってないか、検査をした。（すぐあるか）と思ったのに、どこにかくれたのか、お財布は、ひしゃくの中に入って来ない。そのうち、授業の始まるベルの鳴るのが聞こえてきた。

（どうしようかな？）

と、トットちゃんは考えたけど、

（せっかく、ここまで、やったんだもの）

と、仕事を続けることにした。そのかわり、前より、もっと、頑張《がんば》って、汲んだ。かなりの山ができたときだった。校長先生が、トイレの裏道を通りかかった。先生は、トットちゃんのやってることを見て、聞いた。

「なにしてんだい？」

トットちゃんは、手を休める時間もおしいから、ひしゃくを、つっこみながら答えた。

「お財布、落としたの」

「そうかい」

そういうと、校長先生は、手を、体のうしろに組んだ。いつもの散歩の恰好《かっこう》で、どっかに行ってしまった。

それから、また、しばらくの時《とき》が経《た》った。お財布は、まだ見つからない。山は、どんどん、大きくなる。

その頃《ころ》、また校長先生が通りかかって聞いた。

「あったかい？」

汗《あせ》びっしょりで、真っ赤な頬《ほ》っぺたのトットちゃんは、山にかこまれながら、「ない」と答えた。先生は、トットちゃんの顔に、少し、顔を近づけると、友達のような声で、いった。

「終わったら、みんな、もどしとけよ」

そして、また、さっきと同じように、どっかに歩いていった。

「うん」

と、トットちゃんは元気に答えて、また仕事にとりかかったけど、ふと、気がついて、山を見た。

「終わったら、全部もどすけど、水のほうは、どうしたらいいのかなあ！」

本当に、水分のほうは、どんどん地面にすいこまれていて、その形は、もうなかった。トットちゃんは、働く手を止めて、地面に、しみてしまった水分を、どうしたら、校長先生との約束のように、もどせるか、考えてみた。そして、結論として、(しみてる土を、少し、もどしておけば、いい)と決めた。

結局、うずたかく山ができて、トイレの池は、ほとんど空《から》になったというのに、あのお財布はとうとう出て来なかった。もしかすると、へりとか、底に、ぴったり、くっついていたのかも知れなかった。でも、もうトットちゃんには、なくても、満足だった。自分で、これだけ、やってみたのだから。本当は、その満足の中に、『校長先生が、自分のしたことを、怒らないで、自分のことを信頼してくれて、ちゃんとした人格をもった人間として、あつかってくれた』ということがあったんだけど、そんな難《むずか》しいことは、トットちゃんには、まだ、わからなかった。

ふつうなら、このトットちゃんの、してる事を見つけた時、「なんていうことをしてるんだ」とか「危ないから、やめなさい」と、たいがいの大人は、いうところだ

し、また、反対に、「手伝ってやろうか？」という人もいるに違いなかった。それなのに、

「終わったら、みんな、もどしておけよ」

とだけいった校長先生は、（なんて、素晴《すば》らしい）と、ママは、この話をトットちゃんから聞いて思った。

この事件以来、トットちゃんは、〃トイレに入ったとき、絶対《ぜったい》に下を見なくなった〃。それから校長先生を、〃心から信頼できる人〃と思ったし、〃前よりももっと先生を好き〃になったのだった。

トットちゃんは、校長先生との約束どおり、山をくずして、完全に、もとのトイレの池に、もどした。汲むときは、あんなに大変だったのに、もどすときは早かった。それから、水分のしみこんだ土も、ひしゃくで削《けず》って、少し、もどした。地面を平《たい》らにして、コンクリートの蓋《ふた》を、キチンと、もとの通りにして、ひしゃくも、物置きに返した。

その晩、眠《ねむ》る前に、トットちゃんは、暗やみに落ちていく、きれいなお財布の姿を思い出してやっぱり（なつかしい）と考えながら、昼間の疲れで、早く、眠くなっ

た。

その頃、トットちゃんが奮闘《ふんとう》したあたりの地面は、まだ濡《ぬ》れていて、月の光の下で、美しいもののように、キラキラ光っていた。

お財布も、どこかで、静かにしているに違いなかった。

名前のこと

トットちゃんの本当の名前は、「徹子《てつこ》」という。どして、こういう名前になったのかというと、生まれて来るとき、親戚《しんせき》の人や、ママやパパの友達たち、みんなが、「男の子に違いない！」

とか、いったものだから、初めて子供を持つパパとママが、それを信用して、「徹《とおる》」

と決めた。そしたら、女の子だったので、少しは困ったけど、「徹」の字が、二人とも気に入っていたから、くじけずに、それに早速《さっそく》、「子」をつけて、「徹子」としたのだった。


そんな具合で、小さいときから、まわりの人は、「テツコちゃん」と呼んだ。ところが、本人は、そう思っていなくて、誰かが、

「お名前は？」

と聞くと、必ず、

「トットちゃん！」

と答えた。小さいときって、口がまわらない、ってことだけじゃなくて、言葉をたくさん、知らないから、人のしゃべってる音が、自分流に聞こえちゃう、ってことがある。トットちゃんの幼《おさな》なじみの男の子で、どうしても、「石鹸《せっけん》のあぶく」が、「ちぇんけんのあぶけ」になっちゃう子や、「看護婦さん」のことを、「かんごくさん」といっていた女の子がいた。そんなわけで、トットちゃんは、

「テツコちゃん、テツコちゃん」

と呼ばれるのを、

「トットちゃん、トットちゃん」

と思い込《こ》んでいたのだった。おまけに、「ちゃん」までが、自分の名前だと信じていたのだった。そのうち、パパだけは、いつ頃《ごろ》からか、

「トット助《すけ》」

と呼ぶようになった。どうしてだかは、わからないけど、パパだけは、こう呼ん

だ。

「トット助！　バラの花についてる象鼻虫《ぞうはなむし》を取るの、手伝ってくれない？」

というふうに。結局、小学生になっても、パパと、犬のロッキー以外の人は、

「トットちゃん」

と呼んでくれたし、トットちゃんも、ノートには、

「テツコ」

と書いたけど、本当は、「トットちゃん」だと、思っていた。

落《らく》　語《ご》

トットちゃんは、昨日《きのう》、とても、がっかりしてしまった。それは、ママが、

「もう、ラジオで落語を聞いちゃダメよ」

と、いったからだった。

トットちゃんの頃のラジオは、大きくて、木で出来ていた。だいたいが、たて長の四角で、てっぺんが、丸くなっていて、正面はスピーカーになってるから、ピンクの絹の布などが張ってあり、まん中に、からくさの彫刻《ちょうこく》があって、スイッチが二つだけ、ついている、とても優雅《ゆうが》な形のものだった。学校に入る前から、そのラジオのピンクの部分に、耳をつっこむようにして、トットちゃんは、落語を聞くのが好きだった。落語は、とても面白いと思ったからだった。そして昨日までは、ママも、トットちゃんが落語を聞くことについて、何もいわなかった。

ところが、昨日の夕方、弦楽四重奏《げんがくカルテット》の練習のために、パパのオーケストラの仲間が、トットちゃんの家の応接間に集まったときだった。チェロの橘常定《たちばなつねさだ》さんが、トットちゃんに、

「バナナを、おみやげに持って来てくださった」

とママがいったので、トットちゃんは、大喜びのあまり、こんなふうにいってしまったのだ。つまり、トットちゃんは、バナナをいただくと、ていねいに、おじぎをしてから、橘さんに、こういった。

「おっ母《か》あ、こいつは、おんの字だぜ」

それ以来、落語を聞くのは、パパとママが留守《るす》のとき、秘密に、ということになった。噺家《はなしか》が上手《じょうず》だと、トットちゃんは、大声で笑ってしまう。もし、誰か大人が、この様子を見ていたら、「よく、こんな小さい子が、このむずかしい話で笑うな」と思ったかもしれないけど、実際の話、子供は、どんなに幼く見えても、本当に面白いものは、絶対に、わかるのだった。

電車が来る

今日、学校の昼休みに、

「今晩、新しい電車、来るわよ」

と、ミヨちゃんが、いった。ミヨちゃんは、校長先生の三番目の娘《むすめ》で、トットちゃんと同級だった。

教室用の電車は、すでに、校庭に六台、並んでいたけれど、もう一台、来るという。しかも、それは「図書室用の電車」とミヨちゃんは、教えてくれた。みんな、すっかり興奮《こうふん》してしまった。そのとき、誰《だれ》かが、いった。

「どこを走って学校に来るのかなあ……」

これは、すごい疑問だった。

ちょっと、シーン、としてから誰かがいった。

「途中まで、大井町《おおいまち》線の線路を走って来て、あそこの踏切《ふみき》りから、はずれて、ここに来るんじゃないの？」

すると、誰かがいった。

「そいじゃ、脱線《だっせん》みたいじゃないか」

もう一人の誰かがいった。

「じゃ、リヤカーで運ぶんじゃないかな？」

すると、すぐ誰かがいった。

「あんなに大きな電車が、のっかるリヤカーって、ある？」

「そうか……」

と、みんなの考えが止まってしまった。確かに、いまの国電《こくでん》の車輛《しゃりょう》一台ぶんが乗るリヤカーもトラックだって、ないように思えた。

「あのさ……」

と、トットちゃんは、考えたあげくに、いった。

「線路をさ、ずーっと、学校まで敷《し》くんじゃやないの？」

誰かが聞いた。

「どこから？」

「どこからって、あのさ、いま、電車が、いるところから……」

トットちゃんは、いいながら、（やっぱり、いい考えじゃなかった）と思った。だって、どこに電車があるのか、わからないし、家やなんかを、ぶっこわして、まっすぐの線路を、学校まで敷くはず、ないもの、と思ったからだった。

それから、しばらくの間、みんなで、「あてでもない」「こうでもない」と、いいあった結果、とうとう、

「今晩、家に帰らないで、電車が来るところを、見てみよう」

ということになった。代表として、ミヨちゃんが、お父さんである校長先生に、夜

まで、みんなが学校にいてもいいか、聞きに行った。しばらくして、ミヨちゃんは、帰って来ると、こういった。

「電車が来るの、夜、うんと遅《おそ》くだって。走ってる電車が終わってから。でも、どうしても見たい人は、一回、家に帰って、家の人に聞いて、〝いい〟といわれたら、パジャマと、毛布を持って晩御飯《ばんごはん》たべてから、学校にいらっしゃいって！」

「わーい‼」

みんなは、更《さら》に興奮した。

「パジャマだって？」

「毛布だって？」


その日の午後は、もう、みんな、勉強してても、気が気じゃなかった。放課後、トットちゃんのクラスの子は、みんな、弾丸《だんがん》のように、家に帰ってしまった。お互《たが》いに、パジャマと毛布を持って集まれる幸運を祈《いの》りながら……。

家につくなり、トットちゃんは、ママにいった。

「電車が来るの。どうやって来るか、まだ、わかんないけど。パジャマと、毛布。ねえ、行っても、いいでしょう?」

この説明で、事情のわかる母親は、まず、いないと思うけど、トットちゃんのママも、意味は、わからなかった。でも、トットちゃんの真剣《しんけん》な顔で、(なにか、かなり変わったことが起きるらしい)と察した。

ママは、いろいろと、トットちゃんに質問した。そして、とうとう、どういう話なのか、これから、何が起きようとしているのか、よく、わかった。そして、ママは、そういうのを、トットちゃんが見ておく機会は、そうないのだから、見ておくほうがいいし、

(私も見たいわ)

と思ったくらいだった。

ママは、トットちゃんのパジャマと毛布を用意すると、晩御飯をたべてから、学校まで、送っていった。

学校に、集まったのは、噂《うわさ》を聞きつけた上級生も少しいて、全部で、十人くらいだった。トットちゃんのママの他にも、二人くらい、送って来たお母さんがいて、〝見たそう〟にしていたけれど校長先生に、子供たちをおねがいして、帰っていった。

「来たら、起こしてあげるよ」

と、校長先生にいわれて、みんな講堂に、毛布にくるまって、寝ることになった。

（電車が、どうやって運ばれるのか、それを考えると、夜も寝られない）とも思ったけど、それまでの興奮で、疲れて来て、

「絶対に起こしてよ」

といいながら、だんだん、みんな、ねむくなって、とうとう、寝てしまった。

「来た！　来た！」

ガヤガヤいう声で、トットちゃんは、飛び起きて、校庭から門の外のところまで走っていった。ちょうど、朝もやの中に、電車が、大きな姿を現わしたところだった。なんだか、まるで夢みたいだった。線路のない、ふつうの道を、電車が、音もなく、走ってきたのだもの。

この電車は、大井町の操車場《そうしゃじょう》から、トラクターで、運ばれて来たのだった。トットちゃん達は自分たちの知らなかった、この、リヤカーより大きいトラクターというものの存在を知って、そのことにも感動した。

この大きなトラクターで、誰もいない朝の町を、ゆっくりと、電車は、運ばれて来

たのだった。

　ところが、それからが大騒《おおさわ》ぎだった。まだ大型クレーンなど、ない時代だったから、電車をトラクターから、降《お》ろすというか、はずして、決められた校庭の隅《すみ》に、移《うつ》すというのが、大変な作業だったのだ。運んできたお兄さん達は、太い丸太を、何本も電車の下に敷いて、少しずつ、その上を、ころがすようにして、電車を、トラクターから、校庭へと降ろしていった。

「よく見ていなさい。あれは、コロといって、ころがす力を応用して、あんな大きな電車を動かすんだよ」

　校長先生は、子供たちに説明した。

　子供たちは、真剣に、見物した。

　お兄さん達の、「よいしょ、よいしょ」の声に、合わすように、朝の光が、のぼり始めた。

　たくさんの人達を乗せて、忙しく働いてきた、この電車は、すでに、この学校に来ている他の六台の電車と同じように、車輪がはずされていても、もう走る必要もなく、これからは、子供たちの笑い声や叫び声だけをのせて、のんびりすれば、いいのだった。

子供たちは、パジャマ姿で、朝日の中にいた。そして、この現場に居合わせたことを、心から幸福に思った。そして、あんまり、うれしいので、次々に、校長先生の肩や腕に、ぶらさがったりとびついたりした。

校長先生は、よろけながら、うれしそうに笑った。校長先生の笑う顔を見ると、子供たちも、また、うれしくなって笑った。誰もかれもが笑った。

そして、このとき笑ったことを、みんなは、いつまでも、忘れなかった。

プール

トットちゃんにとって、今日は記念すべき日だった。というのは、生まれて初めて、プールで泳いだのだから。しかも、裸《はだか》んぼで。

今日の朝のことだった。校長先生が、みんなにいった。

「急に暑《あつ》くなったから、プールに水を入れようと思うんだ！」

「わーい」

と、みんな、とび上がった。一年生のトットちゃん達も、もちろん、

「わーい」

といって、上級生より、もっと、とび上がった。トモエのプールは、ふつうのみたいに四角じゃなくて、（地面の関係から、らしかったけど）先のほうが、少し細くなってるボートみたいな形だった。でも、大きくて、とても立派だった。場所は、教室と講堂《こうどう》の、ちょうど、あいだにあった。

トットちゃん達は、授業中も、気になって、何度も電車の窓からプールを見た。水が入っていないときのプールは、枯《か》れた葉っぱの運動場みたいだったけど、お掃除《そうじ》して、水が入り始めると、それは、はっきりと、プールとわかった。

いよいよ、お昼休みになった。みんなが、プールの回りに集まると、校長先生がいった。

「じゃ、体操してから、泳ごうか？」

トットちゃんは考えた。

（よくわかんないけど、ふつう泳ぐときって、海水着っていうの、着るんじゃないの？　もうせん、パパとママと鎌倉《かまくら》に行ったとき、海水着とか、浮袋《うきぶくろ》とか、いろんなもの、持っていったんだけど……。今日、持って来るように、って、先生いったかなあ？　……）

　すると校長先生は、トットちゃんの考えていることが、わかったみたいに、こういった。

「水着の心配は、いらないよ。講堂に行ってごらん？」

　トットちゃんと他の一年生が走って講堂に行ってみると、もう大きい子供たちが、キャアキャア叫びながら、洋服をぬいでるところだった。そして、ぬぐと、お風呂《ふろ》に入るときと同じように裸んぼで、校庭に、次々と、とび出して行く。トットちゃん達も、いそいで脱《ぬ》いだ。暑い風が吹《ふ》いていたから、裸になると気持ちがよかった。講堂を出て、階段の上に立つと、もう、校庭では、準備体操が始まっている。トットちゃん達は、はだしで、階段を、かけ降りた。

　水泳の先生は、ミヨちゃんのお兄さん、つまり、校長先生の息子で、体操の専門家だった。でも、トモエの先生ではなくて、よその大学の水泳の選手で、名前は、学校と同じ、巴《ともえ》さん、といった。トモエさんは、海水着を着ていた。

体操をして、体《からだ》に水をかけてもらうと、みんな、「キィー!」とか「ヒャー!」とか、「ワハハハ」なんて、いろんな声を出しながら、プールに、とびこんだ。トットちゃんも、少し、みんなの入るのを見て、背が立つとわかってから、入ってみた。お風呂は、お湯だけど、プールは、水だった。でも、プールは大きくて、どんなに手をのばしても、どこまでも、水だった。

細っこい子も、少しデブの子も、男の子も女の子も、みんな、生まれたまんまの姿で、笑ったり、悲鳴をあげたり、水にもぐったりした。トットちゃんは、

「プールって、面白くて、気持ちがいい」

と考え、犬のロッキーが、一緒に学校に来られないのを、残念に思った。だって、海水着を着なくてもいい、ってわかったら、きっとロッキーも、プールに入って、泳ぐのにさ。

校長先生が、なぜ、海水着なしで泳がしたか、っていえば、それは別に、規則《きそく》ではなかった。だから、海水着を持って来た子は、着てもよかったし、今日みたいに、急に「泳ごうか?」となった日は、用意もないから、裸でかまわなかった。で、なぜ裸

にしたか、といえば、「男の子と女の子が、お互いの体の違いを、変な風《ふう》に詮索《せんさく》するのは、よくないことだ」ということと、「自分の体を無理に、他《ほか》の人から、隠《かく》そうとするのは、自然じゃない」、と考えたからだった。

（どんな体も美しいのだ）

と校長先生は、生徒たちに教えたかった。トモエの生徒の中には、泰明《やすあき》ちゃんのように、小児麻痺《しょうにまひ》の子や、背が、とても小さい、というような、ハンディキャップを持った子も、何人かいたから、裸になって、一緒に遊ぶ、ということが、そういう子供たちの羞恥心《しゅうちしん》を取り除き、ひいては、劣等《れっとう》意識を持たさないのに役立つのではないか、と、校長先生は、こんなことも考えていたのだった。そして、事実、初めは恥《は》ずかしそうにしていたハンディキャップを持っている子も、そのうち平気になり、楽しいことのほうが先にたって、「恥ずかしい」なんて気持ちは、いつのまにか、なくなっていた。

それでも、生徒の家族の中には、心配して、「必ず着るように！」といいきかせて、海水着を持たす家もあった。でも、結局は、トットちゃんみたいに、初めから、（泳ぐのは裸がいい）、と決めた子や、「海水着を忘れた」といって、泳いでいる子を見ると、そのほうがいいみたいで、一緒に裸で泳いでしまって、帰るときに、大騒ぎで、海水着に水をかけたり、ということになるのだった。そんなわけで、トモエの子供たちは、全身、真っ黒に陽焼けしちゃうから、海水着の跡が白く残ってる、ってことは、たいがい、なかった。

通《つう》信《しん》簿《ぼ》

トットちゃんは、いま、ランドセルをカタカタいわせながら、わき見もしないで、駅から家にむかって走っている。ちょっと見たら、重大事件が起こったのか、と思うくらい。学校の門を出てから、ずーっと、トットちゃんは、こうだった。

家に着いて、玄関の戸を開けると、トットちゃんは、

「ただいま」

といってから、ロッキーを探した。ロッキーは、ベランダに、お腹《なか》をぺったりとつ

けて、涼《すず》んでいた。トットちゃんは、だまって、ロッキーの顔の前にすわると、背中からランドセルを下ろし、中から、通信簿を取り出した。それは、トットちゃんが、初めてもらった、通信簿だった。トットちゃんは、ロッキーの目の前に、よく見えるように、成績のところを開けると、

「見て？」

と、少し自慢《じまん》そうにいった。そこには、甲《こう》とか乙《おつ》とか、いろんな字が書いてあった。もっともトットちゃんにも、甲より乙のほうがいいのか、それとも、甲のほうがいいのか、そういうことは、まだ、わからなかったのだから、ロッキーにとっては、もっと難しいことに違いなかった。でも、トットちゃんは、この、初めての通信簿を、誰よりも先にロッキーに見せなきゃ、と思ってたし、ロッキーも、きっと、よろこぶ、と思っていた。

ロッキーは、目の前の紙を見ると、においをかいで、それから、トットちゃんの顔を、じーっと見た。トットちゃんは、いった。

「いいと思うでしょ？　ちょっと漢字が多いから、あんたには、むずかしいとこも、あると思うけど」

ロッキーは、もう一度、紙を、よく眺めるふうに頭を動かして、それから、トットちゃんの手を、なめた。

トットちゃんは、立ち上がりながら、満足気《まんぞくげ》な調子でいった。

「よかった。じゃ、ママたちに見せてくる」

トットちゃんが行っちゃうと、ロッキーは、もう少し涼しい場所を探すために、起き上がった。そして、ゆっくり、すわると、目を閉《と》じた。それは、トットちゃんじゃなくても、ロッキーが通信簿について考えている、と思うような、目の閉じかただった。

夏休みが始まった

「明日、テントを張って、野宿《のじゅく》をします。毛布とパジャマを持って、夕方、学校に来てください」

こういう校長先生からの手紙を、トットちゃんは、学校から持って帰って、ママに見せた。明日から、夏休み、という日のことだった。

「野宿って、なあに？」

トットちゃんは、ママに聞いた。ママも、考えていたところだったけど、こんなふうに答えた。

「どっか、外にテントを張って、その中に寝るんじゃないの？　テントだと、寝ながら、星とかお月様が見られるのよ。でも、どこにテントを張るのかしらね。交通費っていうのがないから、きっと学校の近くよ」

その夜、ベッドに入っても、トットちゃんは、野宿のことを考えると、ちょっと、こわいみたいな、物凄《ものすご》く冒険《ぼうけん》みたいな、なんかドキドキする気持ちで、いつまでも、ねむくならなかった。

次の日、目が覚めると、もう、トットちゃんは、荷物を作り始めた。そして、パジャマを入れたリュックの上に、毛布をのせてもらうと、少し、つぶされそうになりながら、夕方、ママとパパにバイバイをすると、出かけていった。

学校にみんなが集まると、校長先生は、

「みんな講堂においで」

といい、みんなが講堂に集まると、小さなステージの上に、ゴワゴワしたものを、持って上がった。それは、グリーン色のテントだった。先生は、それを広げると、いった。

「これから、テントの張りかたを教えるから、よく見てるんだよ」

そして、先生は、一人で、〃ふんふん〃いいながら、あっちの紐《ひも》をひっぱったり、こっちに柱を建てたりして、あっ、という間に、とてもステキな三角形のテントを張ってしまった。そして、いった。

「いいかい。これから君達は、みんなで講堂に、たくさん、テントを張って、野宿だ！」

ママは、たいがいの人が考えるように、外にテントを張るのだと思ったのだけれど、校長先生の考えは、違っていた。

〃講堂なら、雨が降っても、少々、夜中に寒くなっても、大丈夫《だいじょうぶ》！〃

子供たちは、一斉《いっせい》に、「野宿だ！　野宿だ！」と叫びながら、何人かずつ、組になり、先生達にも手伝ってもらって、とうとう、講堂の床に、みんなの分だけのテントを張ってしまった。一つのテントは、三人くらいずつ寝られる大きさだった。トットちゃんは、はやばやと、パジャマになると、あっちのテント、こっちのテントと、入口から、はいずって、出たり入ったり、満足のいくまでした。みんなも同じように、よそのテントを訪問しあった。

全部が、パジャマになると、校長先生は、みんなが見える、まん中にすわって、先生が旅をした外国の話をしてくれた。

子供たちは、テントから首を半分だした寝ころんだ形や、きちんと、すわったり、上級生の膝《ひざ》に、頭をもたせかけたりしながら、行ったことは勿論《もちろん》、それまで見たことも、聞いたこともない外国の話を聞いた。先生の話は珍しく、ときには、海のむこうの子供たちが、友達のように思えるときも、あった。

そして、たったこれだけのことが……、講堂にテントを張って、寝ることが……子供たちにとっては、一生、忘れることの出来ない、楽しくて、貴重《きちょう》な経験になった。校長先生は、確実に、子供のよろこぶことを知っていた。

先生の話が終わり、講堂の電気が消えると、みんなは、ゴソゴソと、自分のテントの中に入った。

あっちのテントからは、笑い声が……、こっちのテントからは、ヒソヒソ声が、それから、むこうのテントでは、とっくみ合いが……。それも段々と静かになっていった。

星も月もない野宿だったけど、心の底から満足した子供たちが、小さい講堂で、野宿をしていた。

そして、その夜、たくさんの星と、月の光は、講堂を包むように、いつまでも、光っていたのだった。

大《だい》冒《ぼう》険《けん》

講堂での野宿《のじゅく》の次の次の日、とうとう、トットちゃんの大冒険の日が来た。それは、泰明《やすあき》ちゃんとの約束だった。そして、その約束は、ママにもパパにも、泰明ちゃんの家の人にも、秘密だった。その約束が、どういうのか、というと、それは、「トットちゃんの木に、泰明ちゃんを招待する」というものだった。トットちゃんの木、といっても、それはトモエの校庭にある木で、トモエの生徒は、校庭のあっちこっちに自分専用の、登る木を決めてあったので、トットちゃんのその木も、校庭のはしっこの、九品仏《くほんぶつ》に行く細い道に面した垣根《かきね》のところに生《は》えていた。その木は、太くて、登るときツルツルしていたけど、うまく、よじ登ると、下から二メートルくらいのところが、二股《ふたまた》になっていて、その、またのところが、ハンモックのように、ゆったりとしていた。トットちゃんは、学校の休み時間や、放課後、よく、そこに腰をかけて、遠くを見物したり、空を見たり、道を通る人たちを眺めたりしていた。

そんなわけで、よその子の木に登らせてほしいときは、

「御免《ごめん》くださいませ。ちょっとお邪魔《じゃま》します」

という風《ふう》にいって、よじ登らせてもらうくらい、〝自分の木〟って、決まっていた。

でも、泰明ちゃんは、小児麻《しょうにま》痺《ひ》だったから、木に登ったことがなく、自分の木も、決めてなかった。だから、今日、トットちゃんは、その自分の木に、泰明ちゃんを招待しようと決めて、泰明ちゃんと、約束してあったのだ。トットちゃんが、みんなに

秘密にしたのは、きっと、みんなが反対するだろう、と思ったからだった。トットちゃんは、家を出るとき、

「田園調布《でんえんちょうふ》の、泰明ちゃんの家に行く」

とママにいった。嘘《うそ》をついてるので、なるべくママの顔を見ないで、靴《くつ》のヒモのほうを見るようにした。でも、駅までついて来たロッキーには、別れるとき、本当のことを話した。

「泰明ちゃんを、私の木に登らせてあげるんだ！」

トットちゃんが、首から紐《ひも》で下げた定期をバタバタさせて学校につくと、泰明ちゃんは、夏休みで誰もいない校庭の、花壇のそばに立っていた。泰明ちゃんは、トットちゃんより、一歳《さい》、年上だったけど、いつも、ずーっと大きい子のように話した。

泰明ちゃんは、トットちゃんを見つけると、足をひきずりながら、手を前のほうに出すような恰好《かっこう》で、トットちゃんのほうに走って来た。トットちゃんは、誰にも秘密の冒険をするのだ、と思うと、もう嬉《うれ》しくなって、泰明ちゃんの顔を見て、

「ヒヒヒヒヒ」

と笑った。泰明ちゃんも、笑った。それからトットちゃんは、自分の木のところ

に、泰明ちゃんを連れて行くと、ゆうべから考えていたように、小使いの小父《おじ》さんの物置に走っていって、立てかける梯子《はしご》を、ズルズルひっぱって来て、それを、木の二股《ふたまた》あたりに立てかけると、どんどん登って、上で、それを押さえて、

「いいわよ、登ってみて？」

と下をむいて叫んだ。でも泰明ちゃんは、手や足の力がなかったから、とても一人では、一段目も登れそうになかった。そこで、トットちゃんは、物凄《ものすご》い早さで、後ろむきになって梯子を降りると、今度は、泰明ちゃんのお尻《しり》を、うしろから押して、上にのせようとした。ところが、トットちゃんは、小さくて、やせている子だったから、泰明ちゃんのお尻を押さえるだけが精いっぱいで、グラグラ動く梯子を押さえる力は、とてもなかった。泰明ちゃんは、梯子にかけた足を降ろすと、だまって、下を向いて、梯子のところに立っていた。トットちゃんは、思っていたより、難しいことだったことに、初めて気がついた。

（どうしよう……）

でも、どんなことをしても、泰明ちゃんも楽しみにしている、この自分の木に、登らせたかった。トットちゃんは、悲しそうにしている泰明ちゃんの顔の前にまわる

と、頬《ほ》っぺたをふくらませた面白い顔をしてから、元気な声でいった。

「待ってて？　いい考えがあるんだ‼」

それから、また物置まで走って行き、なにか、（いい考えのものはないか）と、いろいろなものを、次々と引っ張り出してみた。そして、とうとう、脚立《きゃたつ》を発見した。

（これなら、グラグラしないから、押さえなくても大丈夫）

それから、トットちゃんは、その脚立を、ひきずって来た。それまで、「こんなに自分が力持ちって知らなかった」と思うほどの凄《すご》い力だった。脚立を立ててみると、ほとんど、木の二股のあたりまで、とどいた。それから、トットちゃんは、泰明ちゃんのお姉さんみたいな声でいった。

「いい？　こわくないのよ。もう、グラグラしないんだから」

泰明ちゃんは、とてもビクビクした目で脚立を見た。それから、汗びっしょりのトットちゃんを見た。泰明ちゃんも、汗ビッショリだった。それから、泰明ちゃんは、木を見上げた。そして心を決めたように、一段目に足をかけた。

それから、脚立の一番上まで、泰明ちゃんが登るのに、どれくらいの時間がかかったか、二人にもわからなかった。夏の日射《ひざ》しの照りつける中で、二人とも、何も考えていなかった。とにかく、泰明ちゃんが、脚立の上まで登れればいい、それだけだった。トットちゃんは、泰明ちゃんの足の下にもぐっては、足を持ち上げ、頭で泰明ちゃんのお尻を支えた。泰明ちゃんも、力の入る限り頑張《がんば》って、とうとう、てっぺんまで、よじ登った。

「ばんざい！」

ところが、それから先が絶望的だった。二股に飛びうつったトットちゃんが、どんなに引っ張っても、脚立の泰明ちゃんは、木の上に移れそうもなかった。脚立の上につかまりながら、泰明ちゃんは、トットちゃんを見た。突然、トットちゃんは、泣きたくなった。

（こんなはずじゃなかった。私の木に泰明ちゃんを招待して、いろんなものを見せてあげたいと思ったのに……）

でも、トットちゃんは、泣かなかった。もし、トットちゃんが泣いたら、泰明ちゃんも、きっと泣いちゃう、と思ったからだった。

トットちゃんは、泰明ちゃんの、小児麻痺で指がくっついたままの手を取った。トットちゃんの手より、ずーっと指が長くて、大きい手だった。トットちゃんは、その手を、しばらく握《にぎ》っていた。そして、それから、いった。

「寝る恰好《かっこう》になってみて？　ひっぱってみる」

このとき、脚立の上に腹ばいになった泰明ちゃんを、二股の上に立ち上がって、ひっぱり始めたトットちゃんを、もし、大人が見たら、きっと悲鳴《ひめい》をあげたに違いない。それくらい、二人は、不安定な恰好になっていた。

でも、泰明ちゃんは、もう、トットちゃんを信頼していた。そして、トットちゃんは、自分の全生命を、このとき、かけていた。小さい手に、泰明ちゃんの手を、しっかりとつかんで、ありったけの力で、泰明ちゃんを、引っ張った。

入道雲《にゅうどうぐも》が、時々、強い日射しを、さえぎってくれた。

そして、ついに、二人は、木の上で、むかいあうことが出来たのだった。トットちゃんは、汗で、ビチャビチャの横わけの髪の毛を、手でなでつけながら、おじぎをしていった。

「いらっしゃいませ」

泰明ちゃんは、木に、よりかかった形で、少し恥《は》ずかしそうに笑いながら、答えた。

「お邪魔します」

泰明ちゃんにとっては、初めて見る景色《けしき》だった。そして、

「木に登るって、こういうのか、って、わかった」

って、うれしそうにいった。

それから、二人は、ずーっと木の上で、いろんな話をした。泰明ちゃんは、熱をこめて、こんな話もした。

「アメリカにいる、お姉さんから、聞いたんだけど、アメリカに、テレビジョンていうのが出来たんだって。それが日本に来れば、家にいて、国技館《こくぎかん》の、お相撲《すもう》が見られるんだって。箱みたいな形だって」

遠くに行くのが大変な泰明ちゃんにとって、家にいて、いろんなものが見られることが、どんなに、うれしいことか、それは、まだトットちゃんには、わからないことだった。だから、

（箱の中から、お相撲が出るなんて、どういう事かな？　お相撲さんて、大きいのに、どうやって、家まで来て、箱の中に入るのかな？）

と考えたけど、とっても、変わってる話だとは、思った。まだ、誰もテレビジョン

なんて知らない時代のことだった。トットちゃんに、最初にテレビの話を教えてくれたのは、この泰明ちゃんだった。

セミが、ほうぼうで鳴いていた。

二人とも、満足していた。

そして、泰明ちゃんにとっては、これが、最初で、最後の、木登りになってしまったのだった。

胆《きも》試《だめ》し

「こわくて、くさくて、おいしいもの、なあに？」。このナゾナゾは何度やっても面《おも》白《しろ》いので、トットちゃん達は、答えを知ってるのに、

「ねえ、〝こわくて〟っていう、あのナゾナゾ、出して？」

と、お互いに出しあっては、よろこんだ。答えは、

「鬼《おに》が、トイレで、おまんじゅう喰《た》べているところ」

というのだけれど。

さて、今晩のトモエの〝胆試《きもだめ》し〟は、こんなナゾナゾみたいな結果になった。

「こわくて、痒《かゆ》くて、笑っちゃうもの、なあに？」

っていう風《ふう》に。

講堂にテントを張って野宿した、あの晩、校長先生が、

「九品仏のお寺で、夜、〝胆試し〟やるけど、オバケになりたい子、手をあげて！」

といって、男の子が七人くらい、きそって、オバケになる、ということになってい
た。今日の夕方、みんなが学校に集まると、オバケになる子は、思い思いに、自分で
作ったオバケの衣裳《いしよう》を用意して、

「こわくするぞ〜〜〜‼」

とかいって、九品仏のお寺のどこかに、かくれに行った。あとの三十人くらいの子
は、五人くらいずつのグループに分かれて、少しずつ時間をずらして学校を出発、九
品仏のお寺とお墓《はか》を回って、学校まで帰って来る。つまり、

「どれだけ、こわいのを我慢《がまん》できるかの、〝胆試し〟だけど、こわくなったら、途中

で帰って来てちっともかまわない」

と、校長先生は説明した。

トットちゃんは、ママから懐中電灯《かいちゅう》を借りて来た。「なくさないでね」とママはいった。男の子の中には、

「オバケをつかまえる」

といって、蝶々《ちょうちょう》を採《と》るアミとか、

「オバケを、しばってやる」

といって、縄《なわ》を持って来た子もいた。

校長先生が、説明したり、ジャンケンでグループを決めているうちに、かなり暗くなってきていよいよ、第一のグループは、

「出発していい」

ということになった。みんな興奮して、キイキイいいながら、校門を出ていった。

そして、いよいよ、トットちゃん達のグループの番になった。

（九品仏のお寺に行くまでは、オバケ出ない、と先生はいったけど、絶対に、途中で出ないかな……）

とビクビクしながら、やっと仁王《におう》様の見える、お寺の入口に、たどりついた。夜のお寺は、お月様が出ていても、暗いみたいで、いつもは広々として気持ちのいい境内《けいだい》なのに、今日は、どこからオバケが出て来るかわからないと思うと、もう、トットちゃん達は、こわくてこわくて、どうしようもなかった。だから、ちょっと風で木が揺れると、「キャーッ!!」。足で、グニャッとしたものを踏むと、「出たアー!」。しまいには、お互いに手をつないでいる相手さえも、(オバケじゃないか!?)、と心配になったくらいだった。トットちゃんは、もう、お墓まで行かないことにした。オバケは、お墓で待ってるに決まってるし、もう、充分《じゅうぶん》に、(キモダメシが、どんなのか)ってわかったから、帰ったほうがいい、と考えたからだった。偶然《ぐうぜん》、グループのみんなも同じ考えだったので、トットちゃんは、(よかった、一人じゃなくて)と思い、帰り道、みんなは、もう一目散《いちもくさん》だった。

学校に帰ると、前に行った組も、帰って来ていて、みんなも、こわいから、ほとんどお墓まで行かなかった、とわかった。

そのうち、白い布を頭から、かぶった男の子が、ワアワア泣きながら、先生に連れられて、門から入って来た。その子は、オバケになって、ずーっと、お墓の中にしゃがんで、みんなを待っていたけど、誰《だれ》も来ないし、だんだん、こわくなって、とうとうお墓から外に出て、道で泣いてるところを、巡回《じゅんかい》してた先生に見つけられ、帰って来たのだった。みんなが、その子を慰《なぐさ》めていると、また泣きながら、違うオバケと男の子が帰って来た。オバケの子は、誰かがお墓に入って来たので、「オバケ！」といおうと思って前に飛び出したら、走って来たその男の子と正面衝突《しょうとつ》して、二人とも、びっくりしたのと、痛いのとで、オイオイ泣きながら、一緒に走って来たのだった。みんな、おかしいのと、こわかったのが終わった安心とで、ゲラゲラ笑った。オバケも、泣きながら笑った。そこに、新聞紙で作ったオバケをかぶった、トットちゃんと同級生の右田《みぎた》君が、

「ひどいよ、ずーっと待ってたのにさ」

といいながら帰って来て、蚊《か》にくわれた、足や手を、ボリボリ掻《か》いた。それを見て、

「オバケが、蚊にくわれてる！」

と誰かがいったから、みんな、また笑った。五年生の受持ちの丸山先生が、

「じゃ、そろそろ残ってるオバケを連れて来ましょう」

と出かけて行った。そして、外灯《がいとう》の下でキョロキョロしてたオバケや、こわくって、家まで帰っちゃったオバケを、全部、連れて帰って来た。

この夜のあと、トモエの生徒は、オバケを、こわくないと思った。だって、オバケだって、こわがっているんだ、って、わかったんだからさ。

練　習　所

トットちゃんは、お行儀《ぎょうぎ》よく歩いている。犬のロッキーも、たまにトットちゃんの顔を見上げながら、やっぱり、お行儀よく歩いている。こんなときは、パパの練習所を、のぞきに行くときに決まっていた。ふだんのトットちゃんは、大急行で走っているとか、落としたものを探すためにキョロキョロしながら行ったり来たりとか、よその家の庭を、次々と、つっ切って、垣根《かきね》から、もぐって出たり入ったりしながら進んで行く、という風《ふう》だった。だから、今日みたいな恰好《かっこう》で歩いているのは珍しく、そういうときは、「練習所だナ」って、すぐわかった。練習所は、トットちゃんの家から、五分くらいの所にあった。

トットちゃんのパパは、オーケストラの、コンサート・マスターだった。コンサート・マスターっていうのは、ヴァイオリンを弾《ひ》くんだけど、トットちゃんが面白いと思ったのは、いつか、演奏会に連れてってもらった時、みんなが拍手《はくしゅ》したら、汗ビッショリの指揮者《しきしゃ》のおじさんが、クルリと客席のほうに振りむくと、指揮台を降りて、すぐ隣《となり》にすわって弾《ひ》いていたトットちゃんのパパと握手《あくしゅ》したことだった。そして、パパが立つと、オーケストラのみんなが、一斉《いっせい》に立ち上がった。

「どうして、握手するの？」

小さい声でトットちゃんが聞くと、ママは、

「あれは、パパたちが一生懸命、演奏したから、指揮者が、パパに代表して、『ありがとう』という意味で握手をしたのよ」

と教えてくれた。

トットちゃんが練習所が好きなわけは、学校は子供ばっかりなのに、ここは大人ばっかりが集まっていて、しかも、いろんな楽器で音楽をやるし、指揮者のローゼンシ

ユトックさんの日本語が面白いからだった。

ローゼンシュトックさんは、ヨーゼフ・ローゼンシュトックといって、ヨーロッパでは、とても有名な指揮者だったんだけど、ヒットラーという人が、こわいことをしようとするので、音楽を続けるために、逃《に》げて、こんな遠い日本まで来たのだ、とパパが説明してくれた。パパは、ローゼンシュトックさんを尊敬しているといった。トットちゃんには、まだ世界情勢がわからなかったけど、この頃、すでに、ヒットラーは、ユダヤ人の弾圧《だんあつ》を始めていたのだった。もし、こういうことがなかったら、ローゼンシュトックは、日本に来るはずもない人だったし、また、山田耕筰《やまだこうさく》が作った、このオーケストラも、こんなに急速に、世界的指揮者に依《よ》って、成長することもなかったのかも知れない。とにかく、ローゼンシュトックは、ヨーロッパの一流オーケストラと同じ水準の演奏を要求した。だから、ローゼンシュトックは、いつも練習の終わりには、涙を流して泣くのだった。

「わたしが、これだけ一生懸命やってるのに、君たち、オーケストラは、それに、こたえてくれない」

すると、ローゼンシュトックが、練習で休んだりしたときに、代理で指揮をする、

チェロのトップの斎藤秀雄《さいとうひでお》さんが、一番、ドイツ語が上手《じょうず》だったので、

「みんなは、一生懸命やっているのだけど、技術が、おいつかないのです。絶対に、わざとではないのです」

と代表して、気持ちを伝え、慰《なぐさ》めるのだった。こういういきさつは、トットちゃんは知らなかったけど、ときどき、ローゼンシュトックさんが、顔を真っ赤にして、頭から湯気《ゆげ》が出るみたいになって、外国語《ドイツ語》で、どなっているのを見ることがあった。そういうとき、トットちゃんは、ほおづえをついて、いつも、のぞいている自分用の窓から頭をひっこめ、ロッキーと一緒《いっしょ》に地面にしゃがんで息をひそめ、また音楽の始まるのを待つのだった。

でも、ふだんのローゼンシュトックさんは、やさしく、日本語は、面白かった。みんなの演奏がうまくいくと、

「クロヤナギサン！　トテモ、イイデス」

とか、

「スバラシイデス！」

とかいった。

トットちゃんは、一度も練習所の中に入ったことはなかった。いつも、そーっと、窓からのぞきながら、音楽を聴《き》くのが好きだった。だから休憩《きゅうけい》になって、みんなが煙草《たばこ》を吸いに、外に出たとき、

「あっ！　トット助《すけ》、来てたのか？」

って、パパが気がつくことって、よくあった。ローゼンシュトックさんは、トットちゃんを見つけると、

「オハヨーゴザイマス」

とか、

「コニチワ」

といって、もう大きくなったのに、少し前の小さかったときみたいに抱《だ》きあげて、ほっぺたをくっつけたりした。ちょっと恥《は》ずかしかったけど、トットちゃんは、細い銀のふちの眼鏡《めがね》をかけて、鼻が高く、背の低いローゼンシュトックさんが好きだった。芸術家とすぐわかる、立派な美しい顔だった。

洗足池のほうから吹いてくる風は、練習所の音楽をのせて、とても遠いところまで運んでいった。時々、その中に〽金魚〜〜〜ええ〜〜〜金魚！　という金魚屋さんの声

が、まざることもあった。とにかく、トットちゃんは、少し西洋館風《ふう》で、かたむいている、この練習所が気に入っていた。

温《おん》泉《せん》旅行

夏休みも終わりに近くなって、いよいよ、トモエの生徒にとっては、メイン・イベントとでもいうべき、温泉旅行への出発の日が来た。たいがいのことに驚かないママも、夏休み前の、ある日、トットちゃんが学校から帰ってきて、

「みんなと、温泉旅行に行ってもいい？」

と聞いたときは、びっくりした。お爺《じい》さんとか、お婆《ばあ》さんが揃《そろ》って温泉に出かける、というのなら、わかるけど、小学校の一年生が……。でも、よくよく校長先生からの手紙を読んでみると、なるほど面白そうだ、と、ママは感心した。静岡の伊豆半島に土肥《とい》というところがあり、そこは、海の中に温泉が湧《わ》いていて、子供たちが、泳

いだり、温泉に入ったり出来る、という、「臨海学校」のお知らせだった。二泊《はく》三日。トモエの生徒のお父さんの別荘《べっそう》が、そこにあり、一年から六年までの全校生徒、約五十人が泊《とま》れる、ということだった。ママは、勿論《もちろん》、賛成した。

そんなわけで、今日、トモエの生徒は、温泉旅行に出かける支度《したく》をして、学校に集まったのだった。校庭にみんなが来ると、校長先生は、いった。

「いいかい？　汽車にも船にも乗るよ。迷子《まいご》にだけは、なるなよな。じゃ、出発だ！」

校長先生の注意は、これだけだった。でも、自由が丘の駅から東横線に乗りこんだみんなは、びっくりするほど、静かで、走り回る子もいなかったし、話すときは、隣《となり》にいる子だけと、おとなしく話した。トモエの生徒は一回も、「一列にお行儀《ぎょうぎ》よく並んで歩くこと！」とか、「電車の中は静かに！」とか、「たべものの、かすを捨ててはいけません」とか、学校で教《おそ》わったことはなかった。ただ、自分より小さい人や弱い人を押しのけることや、乱暴《らんぼう》をするのは、恥ずかしいことだ、ということや、散らかっているところを見たら、自分で勝手に掃除《そうじ》をする、とか、人の迷惑になることは、なるべくしないように、というようなことが、毎日の生活の中で、いつの間にか、体の中に入っていた。それにしても、たった数ヵ月前、授業中に窓からチンドン屋さんと話して、みんなに迷惑をかけていたトットちゃんが、トモエに来たその日から、ちゃんと、自分の机にすわって勉強するようになったことも、考えてみれば不思議なことだった。ともかく、今、トットちゃんは、前の学校の先生が見たら、「人違いですわ」というくらい、ちゃんと、みんなと一緒に腰かけて、旅行をしていた。

沼津からは、みんなの夢の、船だった。そんなに大きい船じゃなかったけど、みんな興奮《こうふん》して、あっちをのぞいたり、さわったり、ぶら下がってみたりした。そして、いよいよ船が港を出るときは、町の人達にも、手を振ったりした。ところが、途中から雨になり、みんな甲板《かんぱん》から船室に入らなければならなくなり、おまけに、ひどく揺れてきた。そのうち、トットちゃんは、気持ちが悪くなってきた。他にも、そういう子がいた。そんなとき、上級生の男の子が、揺《ゆ》れる船の真ん中に重心をとる形で立って、揺れてくると、

「オットットットット！」

といって、左にとんでったり、右にとんでったりした。それを見たら、おかしくて、みんな気持ちが悪くて半分、泣きそうだったけど、笑っちゃって、笑っているう

ちに土肥に着いた。そして、可哀《かわい》そうだけど、おかしかった事は、船から降りて、みんなが元気になった頃、「オットットットット！」の子だけが、気持ち悪くなったことだった。

土肥温泉は、静かな所で、海と林と、海に面した小高い丘などがある美しい村だった。ひと休みしたあと、先生達に連れられて、みんな、海に出かけた。学校のプールと違うから、海に入るときは、みんな海水着を着た。

海の中の温泉、というのは、かわっていた。なにしろ、どこからどこまでが温泉で、どこからが海、という、線とか囲いがあるわけじゃないから、

「ここが温泉ですよ」

といわれたところを憶《おぼ》えて、しゃがむと、ちょうど首のところまでお湯が来て、本当に、お風呂と同じに暖かくて気持ちがよかった。そして、お風呂から海に行こうと思うときは、横ばいになって五メートルくらい歩くと、段々ぬるくなってきて、それからもっといくと、冷たくなるから、「そこからは海だ！」とわかるのだった。だから、みんな海で泳いで寒くなると、大いそぎで、暖かい温泉にもどって、首までつかった。そうすると、なんだか、家に帰ったみたいな気がした。おかしなことは、海の

部分に行けば、海水帽《かいすいぼう》をぴっちりかぶって泳ぐ子供たちが、見たところは海と同じなのに、温泉に入っているときは、輪になって気楽な恰好《かっこう》で、話をしていることだった。きっと、はたから誰かが見たら、結局、小学生でも温泉に入ると、お爺《じい》さんやお婆《ばあ》さんと同じ、と思ったかも知れなかった。

その頃の海は、ほとんど、よその人がいなくて、海岸も温泉も、トモエの生徒の専用みたいだった。みんな、精一杯《せいいっぱい》、この珍しい、温泉海水浴を楽しんだ。だから、夕方、別荘に帰ったときは、どの子も、あんまり永く水につかっていたので、指先の皮がシワシワになっていたほどだった。

夜は夜で、おふとんに入ってから、交代に〝おばけ〟の話をした。トットちゃん達一年生は、みんな、こわくて泣いた。そして、泣きながら、

「それから？」

というのだった。

この土肥温泉の三日間は、これまでの、学校の中での野宿《のじゅく》とか、胆試《きもだめ》しと違って、実際の生活だった。例えば、晩御飯《ばんごはん》の材料を買いに、順番で、八百屋《やおや》さんや魚屋さんに行かされたし、知らない大人のひとたちから、「どこの学校の生徒？」とか「どこ

から来たの？」と聞かれたとき、ちゃんと答えなきゃ、ならなかった。それから、林の中で迷子《まいご》になりそうになった子もいたし、遠くまで泳いでしまって、帰ってこられなくなり、みんなを心配させた子もいた。浜辺に落ちていたガラスで足を切った子もいた。そのたびに、みんなは、どうしたら、いちばん自分が役に立つか、考えた。

でも、楽しいことも多かった。大きな林があって、セミはいっぱい、いたし、アイスキャンデー屋さんもいた。それから、海岸で、ひとりで大きい木の船を作っている、おじさんとも逢《あ》った。かなり船の形が出来上がっていたから、朝起きると、みんな、どれくらい昨日より、出来ているか、走って、見に行った。トットちゃんは、薄く長く出来た、カンナクズを、おじさんから、おみやげに、もらった。

お別れの日、校長先生がいった。

「どうだい。記念写真を撮《と》ろうじゃないか」

それまで、みんな一緒に写真って、撮《と》ったことがなかったから、また、みんなは興《こう》奮《ふん》した。だから、

「はい、撮りますよ」

って女の先生がいうとき、誰かがトイレに行ってたり、

「さあ、いいですね」

というと、運動靴の右と左が逆だったから、はき直す、という子がいたり、その間中、ずーっと緊張《きんちょう》してポーズをとっていて、本当に、

「じゃ、いきますよ！」

というときに、

「ああ、疲れた。もうダメだ！」

といって、ねっころがる子もいて、とっても時間がかかった。

でも、海をうしろにして、思い思いのポーズをして撮った写真は、子供たちの宝物になった。その写真を見れば、船のことも、温泉のことも、おばけの話のことも、「オットットットット！」の子のことも、一度に思い出せるからだった。

こうして、トットちゃんの初めての夏休みは、絶対に忘れることの出来ない、いろんな楽しい思い出を残して過ぎていった。

まだ東京でも、近くの池には、ザリガニがたくさんいて、大きい牛が、ゴミ屋さんの車を引っぱって歩いている頃の、ことだった。

リトミック

夏休みも終わり、二学期が始まった。夏休みの間、いろんな集まりのたびに、トットちゃんは、クラスのみんなとは勿論《もちろん》、上級生の一人一人とも親しくなった。そして、トモエ学園のことが、もっともっと好きになっていた。

トモエは、ふつうの小学校と授業方法が変わっているほかに、音楽の時間が、とても多かった。音楽の勉強にも、いろいろあったけど、中でも「リトミック」の時間は、毎日あった。リトミックというのは、ダルクローズという人が考えた、特別のリズム教育で、この研究が発表されると、一九〇五年（明治三十八年）の頃のことなんだけど、全ヨーロッパ、アメリカなどが、いち早く注目して、各国に、その養成所とか、研究所が、できたくらいだった。で、どうして、このトモエにダルクローズ先生のリトミックが入って来たのか、といえば、こういう、いきさつだった。

校長の小林宗作先生は、トモエ学園を始める前に、外国では、子供の教育を、どんなふうにやっているかを見るために、ヨーロッパに出発した。そして、いろんな小学校を見学したり、教育者といわれる人達の話を聞いたりしていた。そんなとき、パリで、小林先生は、素晴《すば》らしい作曲家でもあり、教育者でもあるダルクローズ、という人に出逢《であ》い、このダルクローズが、長い間、

「どうしたら、音楽を耳でなく、〝心で聞き、感じる〟ということを子供に教えられるだろうか。生気《せいき》のない教育ではなく、動きのある生きている音楽を感じとってもらうには……。どうしたら子供の感覚を目覚めさせられるだろうか？」

ということを考えていて、遂《つい》に、子供たちの、自由にとびはねるのを見ていて発見し、創作したリズム体操、「リトミック」というものがあることを知った。そこで、小林先生は、パリのこのダルクローズの学校に一年以上も滞在《たいざい》して、リトミックを身につけた。少し歴史的な話になるけれど、日本人で、このダルクローズの影響を受けた人は多く、山田耕筰《やまだこうさく》を始め、モダンダンスの創始者石井漠《いしいばく》、歌舞伎《かぶき》の二代目市川左団次《いちかわさだんじ》、新劇運動の先駆《せんく》者小山内薫《おさないかおる》、舞踊《ぶよう》家伊藤道郎《いとうみちお》。こういった人達も、リトミックが、あらゆる芸術の基礎《きそ》である、ということで、ダルクローズに学んだ。でも、この

リトミックを、小学校の教育にとり入れてみようとしたのは、小林先生が初めてだった。

「リトミックって、どういうものですか?」

という質問に、小林先生は、こう答えた。

「リトミックは、体の機械組織を、更《さら》に精巧《せいこう》にするための遊戯《ゆうぎ》です。リトミックは、心に運転術を教える遊戯です。リトミックは、心と体に、リズムを理解させる遊戯です。リトミックを行うと、性格が、リズミカルになります。リズミカルな性格は美しく、強く、すなおに、自然の法則に従います」

まだ、いろいろあるけれど、とにかく、トットちゃん達のクラスは、体にリズムを理解させることから始まった。講堂の小さいステージの上のピアノを校長先生が弾《ひ》く。それにあわせて、生徒は、思い思いの場所から歩き始める。どう歩いてもいいけど、人の流れと逆流して歩くと、ぶつかって、気持ちが悪いから、なんとなく、同じ方向に、つまり、輪になる形で、でも一列とかじゃなく、自由に流れるように歩くのだった。そして、音楽を聴いて、それが〝二拍子《びょうし》〟だと思ったら、両手を大きく指揮者のように上下に二拍子に振りながら、歩く。足は、ドタドタじゃなく、そうかといって、バレエのような、つま先だちでもなく、どっちかっていえば、「足の親指をひきずるように、体を楽に、自由にゆすれる形で、歩くのが、いい」と先生はいった。でも、いずれにしても、自然が第一だったから、その生徒の感じる歩き方でよかった。そして、リズムが三拍子になった両腕は、すぐに三拍子を大きくとり、歩き方も、テンポに合わせて、早くなったり、遅くなったりさせなきゃ、いけなかった。そして、両腕の指揮風《ふう》あげおろしも、六拍子まであったから、四拍子くらいだと、まだ、

「下げて、まわして、横から、上に」

ぐらいだけど、五拍子になると、

「下げて、まわして、前に出して、横にひいて、そのまま上に」

で、六拍子になると、もう、

「下げて、まわして、前に出して、もう一度、胸の前で、まわして、横にひいて、そのまま上に」

だから、拍子が、どんどん変わると、結構難《むずか》しかった。そして、もっと難しいのは、校長先生が、時々ピアノを弾きながら、

「ピアノが終わっても、すぐには変わるな！」

と大きい声で、いうときだった。例えば、それは、初め〝二拍子〟のリズムで歩いているると、ピアノが〝三拍子〟になる。だけど、三拍子を聞きながら、二拍子のままで歩く。これは、とても苦しいけど、こういうときに、かなり、子供の集中力とか、自分の、しっかりした意志なども養うことが出来る、と校長先生は考えたようだった。

さて、先生が叫ぶ。

「いいよ！」

生徒は、「ああ、うれしい……」と思って、すぐ三拍子にするのだけど、このときに、まごついてはダメ、瞬間的に、さっきの二拍子を忘れて、頭の命令を体で、つまり筋肉の実行に移し、三拍子のリズムに順応《じゅんのう》しなければ、いけない、と思った途端《とたん》に、ピアノは、五拍子になる、という具合だった。初めは、手も足も、目茶苦茶《めちゃくちゃ》だったり、口々に、

「先生、待ってよ、待ってよ」

とかいいながら、ウンウンやったけど、馴《な》れてくると、とても気持ちがよく、自分

でも、いろんなことを考え出してやれることもあって、楽しみだった。たいがいは、流れの中で一人でやるんだけど、気が向いたときは、誰かと並んでやったり、二拍子のときだけ、片手をつないだままやったり、目をつぶってやってみたり。ただ、しゃべることは、いけないとされていた。

ママ達も、たまに父兄会のときなんかに、そーっと外から見ることもあったけど、子供たちがそれぞれ、その子らしい表情で、のびのびと手足を動かし、いかにも気持ちよさそうに、跳《と》びはねて、しかも、リズムに、きっちり、あっている、という光景は、いいものだった。

リトミックは、こんなふうに、体と心にリズムを理解させることから始まり、これが、精神と肉体との調和を助け、やがては、想像力を醒《さま》し、創造力を発達させるようになればいい、という考えのものだった。だから、初めての日、トットちゃんが、学校の門のところで、ママに、

「トモエって、なあに?」

と聞こうとしたけど、この学校の「トモエ」、というのは、白と黒から出来ている紋所《もんどころ》の一種の二つ巴《どもえ》で子供たちの身心両面の発達と調和をねがう、校長先生の心のあ

らわれだった。

リトミックの種類は、まだたくさんあったけど、とにかく、校長先生は、子供たちの、生まれつき持ってる素質を、どう、周《まわ》りの大人達が、損《そこ》なわないで、大きくしてやれるか、ということを、いつも考えていた。だから、このリトミックにしても、

「文字と言葉に頼り過ぎた現代の教育は、子供達に、自然を心で見、神の囁《ささや》きを聞き、霊感《れいかん》に触《ふ》れるというような、官能《かんのう》を衰退《すいたい》させたのではなかろうか？

古池《ふるいけ》や　蛙《かわず》とびこむ　水の音……池の中に蛙がとびこむ現象を見た者は、芭蕉《ばしょう》のみでは、なかったろうに。湯気たぎる鉄瓶《てつびん》を見た者、林檎《りんご》の落ちるのを見た者は、古今東西に於《お》いて、ワット一人、ニュートン一人というわけで、あるまいに。

世に恐《おそ》るべきものは、目あれど美を知らず、耳あれども楽《がく》を聴《き》かず、心あれども真《しん》を解《かい》せず、感激せざれば、燃えもせず……の類《たぐい》である」

などと嘆《なげ》いていた校長先生が、きっと、いい結果を生むに違いないと授業に入れたものだった。そして、トットちゃんは、イサドラ・ダンカン風《ふう》に、はだしで走りまわ

り、とびまわって、それが、授業だなんて、すごくうれしいと思っていた。

一生のお願い!

トットちゃんは生まれて初めて、縁日《えんにち》に行った。縁日は、前に行ってた学校のそばにある洗足池の、弁天様《べんてんさま》がある小さい島でやっていた。パパとママに連れられて薄暗い道を歩いて行って、急に明るくなったと思ったら、それが縁日で、いろんな電気がついているのだった。一目《ひとめ》みただけで、もう興奮《こうふん》したトットちゃんは、小さな夜店《よみせ》のひとつひとつに頭をつっこんだ。あっちでもこっちでも、ピーとかポンとかシュルシュルという音がして、いろんな、においがして、いままで見たことのないものだらけだった。赤や黄色やピンクのリリアンにぶら下がったハッカパイプ。犬とか猫とかベティーさんなどの顔がパイプになっている。そして綿《わた》アメ、べッコウアメ。竹筒《たけづつ》の中に、ぼかしに染めた白い山吹《やまぶ》きのシンをつっこんで、棒で押しこむと、「ポン!」とはずんだ音がする山吹き鉄砲《でっぽう》。あと、刀を飲みこんだり、ガラスをたべちゃうおじさんが、芸を道で見せてるかと思うと、お丼《どんぶり》のヘリにつけると、お丼が、〽ワア〜ンと鳴る〝粉〟を売るおじさんも、いる。それから、お金が消えてしまう手品の「金の輪」とか日光写真や、水中花《すいちゅうか》……。

キョロキョロしながら歩いてるトットちゃんが、

「わあー！」

といって足を止めたもの、それは、真っ黄色のヒヨコだった。小さくて、まんまるのヒヨコは小さい箱の中に、いっぱいいて、みんなピイピイ鳴いていた。

「欲《ほ》しい！」

トットちゃんは、パパとママの手をひっぱった。

「ねえ、これ買って？」

ヒヨコは、トットちゃんのほうを向き、小さい尻《し》っぽをふるわせ、くちばしを上にむけて、もっと大きい声で鳴いた。

「可愛《かわい》い……」

トットちゃんはしゃがみこんだ。こんなに小さくて可愛いものって、前に見たことがない、と思った。

「ねえ？」

トットちゃんは、パパとママを見上げた。ところがびっくりしたことに、パパとママは、トットちゃんの手をひっぱって、歩き出そうとしたのだった。

「ね、なにか買ってあげるっていったじゃないの。私、これ欲しい！」

ママが小さい声でいった。

「このヒヨコは、すぐ死ぬから、可哀《かわい》そうなの。およしなさい」

「どうして？」

トットちゃんは泣き声になった。パパは、ヒヨコの売り屋さんに聞こえないように、少し離れたところで説明した。

「あれは、今は可愛いけど、体が弱いからすぐ死んで、トット助《すけ》が泣くことになるから、パパ達は、いってるんだよ」

でも、もうトットちゃんは、ヒヨコを見ちゃったから、説明を聞きたくなかった。

「絶対に死なせない。面倒《めんどう》みるから、お願い？」

それでも、パパとママは頑固《がんこ》に、トットちゃんを、ヒヨコの箱の前から、ひっぱった。トットちゃんは、ひっぱられながら、ヒヨコ達を見た。ヒヨコは、みんなトットちゃんに連れてって欲しそうに、もっと鳴いた。トットちゃんは、もうヒヨコじゃなきゃ、何も要《い》らないと思った。パパとママに、おじぎをしていった。

「ねえ、お願い。ヒヨコ買ってください」

でも、ママもパパも頑張《がんば》った。

「あなたが泣くことになるから、よしたほうがいいって思うのよ」

トットちゃんはベソベソ泣き出した。そして家のほうに泣きながら歩き出した。そして、暗いところまで来たとき、しゃくりあげながらいった。

「お願いします。一生のお願い。死ぬまで何か買ってって、いいません。あのヒヨコ買ってください」

とうとうパパもママも折れてしまった。

さっき泣いた烏《からす》がもう笑った、というくらい、うれしそうな顔のトットちゃんの手の中の小さい箱には、二羽のヒヨコが入っていた。

次の日、ママが大工さんに頼んで、桟《さん》つきの特別製の箱を作ってもらい、中に電球を入れて、暖めた。トットちゃんは、一日中、ヒヨコを見て暮《く》らした。黄色いヒヨコ

は可愛かった。ところが突然、四日目に一羽が。五日目にもう一羽が、動かなくなってしまった。どんなに手でさすっても、呼んでも、もう二度とピイピイとはいわなかった。そして、いつまで待っても目を開かなかった。パパとママのいったことは正しかった。トットちゃんは、ひとりで泣きながら庭に穴を掘《ほ》って、二羽を埋《う》めた。そして、小さいお花を、お供《そな》えした。ヒヨコのいなくなった箱は、ガランとして大きく見えた。箱の中のほうに、小さい黄色の羽が落ちてるのを見つけたとき、縁日でトットちゃんを見て鳴いてたときの姿を想《おも》い出し、トットちゃんは、歯をくいしばって泣いた。

一生のお願いが、こんなに早く、なくなってしまった……。これがトットちゃんが人生で最初に味わった「別れ」というものだった。

一番わるい洋服

校長先生は、トモエの生徒の父兄に、

「一番わるい洋服を着せて、学校に寄《よ》こしてください」

と、いつもいっていた。というのは、〝汚《よご》したら、お母さんに叱《しか》られる〟とか、〝破《やぶ》けるから、みんなと遊ばない〟ということは、子供にとって、とてもつまらないことだから、どんなに泥《どろ》んこになっても、破けても、かまわない、一番わるい洋服を着させてください、というお願いだった。トモエの近くの小学校には、制服を着てる子もいたし、セーラー服とか、学生服に半ズボン、という服装もあった。だけど、トモエの子は、本当に普段着《ふだんぎ》で学校に来た。そして先生のお許しがあるわけだから、洋服のことを気にしないで、もう出来るだけ遊んだ。でも今のように、ジーンズなど丈夫《じょうぶ》な布地《ぬのじ》のない時代だったから、どの子のズボンも、つぎがあたっていたし、女の子のスカートも、出来るだけ、丈夫な布で作ってあった。

トットちゃんの、もっとも大好きな遊びは、よその家の垣根《かきね》や、原っぱの垣根の下をくぐることだったから、洋服のことを考えなくていいのは、都合《つごう》がよかった。その頃の垣根は、子供達が「テツジョウモウ（鉄条網）」と呼んでいる有刺鉄線《ゆうしてっせん》というか、バラ線が、柵《さく》のまわりに張りめぐらしてあるのが多かった。中には、地面につくくらい下のほうまで、しっかり、からんでいるのもよくあった。これに、どうやってもぐりこむか、といえば、この垣根の下に頭をつっこんで、テツジョウモウを押しあげ、穴を掘って、もぐる、ちょうど、犬と同じやりかただった。そしてこのとき、トットちゃんも、気をつけてはいるのだけれど、どうしても、トゲトゲの鉄線に洋服がひっかかって、破けてしまうのだった。いつかなどは、かなり古くて、「しょう」の抜けているメリンス風《ふう》の布地のワンピースを着てる時だったけど、このときは、スカートが破ける、とか、ひっかかった、というのじゃなく、背中からお尻《しり》にかけて、七ヵ所くらい、ジャキジャキに破けて、どうみても、背中にハタキを背負《せお》ってる、という風になってしまった。古いけど、ママが、この洋服を気に入ってる、と知っているトットちゃんは、一生懸命《いっしょうけんめい》に考えた。つまり、「テツジョウモウをもぐってて破けた」と

いっては、ママに気の毒だから、なんか嘘《うそ》をついてでも、

「どうしても破けるのは仕方がなかった」

という風《ふう》に説明したほうがいい、と考えたのだった。やっと思いついた嘘を、家に帰るなり、トットちゃんは、ママにいった。

「さっきさ、道歩いてたら、よその子が、みんなで、私の背中にナイフ投げたから、こんなに破けたの」

いいながら、（ママが、いろいろ、くわしく聞いたら困るな）と思っていた。ところが、うれしいことに、ママは、

「あら、そう、大変だったわね」

といっただけだった。（ああ、よかった）と、トットちゃんは安心して、（これなら、ママの好きな洋服が破れたのも仕方がなかった……って、ママにもわかってもらえた）と思った。

勿論《もちろん》、ママはナイフで破けたなんて話を信じたわけではなかった。だいたい、後ろからナイフを背中に投げて、体に怪我《けが》もしないで、洋服だけビリビリになるなんてことは、あり得なかったし、第一、トットちゃんが、全然、こわかった、という風でも

ないのだから、すぐ嘘とわかった。でも、なんとなく、トットちゃんにしては、いいわけをするなんて、いつもと違うから、きっと洋服のことを気にしてるに違いない、と考え（いい子だわ）と思った。ただ、ママは、前から聞きたい、と思っていたことを、この際、トットちゃんに聞いてみようと思って、いった。

「洋服が、ナイフとか、いろんなもので破けるのは、わかるけど、どうして、パンツまで、毎日、毎日、ジャキジャキになるの？」

木綿《もめん》のレースなんかがついているゴム入りの白いパンツのお尻のあたりが、毎日、破けているのが、ママには、ちょっとわからなかった。

（パンツが泥んことか、すれてる程度なら、おすべりとか、しりもちとかで、そうった、とわかるけど、ビリビリになるのは、どうしてかしら？）

トットちゃんは、少し考えてからいった。

「だってさ、もぐるときは、絶対、はじめはスカートがひっかかっちゃうんだけど、出るときはお尻からで、そいで、垣根のはじっこから、ずーっと、〝ごめんくださいませ〟と〝では、さようなら〟をやるから、パンツなんか、すぐ破けちゃうんだ！」

なんだかわかんないけど、ママは、おかしくなった。

「それで、それは面白《おもしろ》いの？」

ママの質問に、トットちゃんは、びっくりした様《よう》な顔で、ママを見て、いった。

「ママだって、やってみれば？　絶対に面白いから。でさ、ママだって、パンツ破けちゃうと思うんだ⁉」

トットちゃんが、どんなにスリルがあって楽しいか、という遊びは、こうだった。

つまり、テツジョウモウの張ってある長い空地の垣根を見つけると、はじのほうから、トゲトゲを持ちあげ、穴を掘って中にもぐりこむのが、まず「ごめんくださいませ」で、次に、いま、もぐった、ちょっと隣のトゲトゲを、今度は、中から持ちあげ、また穴を掘って、このときは、「では、さようなら」といって、お尻から出る。このとき、つまりお尻から出るときに、スカートがまくれて、パンツがテツジョウモウにひっかかるのだ、とママにも、やっとわかった。こんな風に、次々と、穴を掘り、スカートやパンツもひっかけながら、「ごめんくださいませ」そして、「では、さようなら」をくり返す。つまり上から見ていたら、垣根の、はしからはしまで、ジグザグに、入ったり出たりするのだから、パンツも破けるわけだった。

（それにしても、大人《おとな》なら、疲れるだけで、なにが面白いか、と思えるこういうことが、子供にとっては、本当に楽しいことなんだから、なんて、うらやましいこと……)。ママは、髪《かみ》の毛は勿論、爪《つめ》や耳の中まで泥《どろ》だらけのトットちゃんを見ながら思った。そして、校長先生の、「汚《よご》してもかまわない洋服」の提案は、本当に子供のことを、よくわかっている大人の考えだ、といつものことだけど、ママは感心したのだった。

高橋君

今朝《けさ》、みんなが校庭で走ったりしてるとき、校長先生が、いった。

「新しい友達が来たよ。高橋君だ。一年生の電車の仲間だよ。いいね」

トットちゃん達は、高橋君を見た。高橋君は、帽子《ぼうし》をぬいで、おじぎをすると、

「こんちは」

と、小さい声でいった。トットちゃん達も、まだ一年生で小さかったけど、高橋君

は男の子なのに、背がうんと低かったし、手や足も短かった。帽子を握ってる手も小さかった。でも、肩幅《かたはば》はガッシリしていた。高橋君は、心細《こころぼそ》そうに立っていた。トットちゃんは、ミヨちゃんや、サッコちゃんに、

「はなし、してみよう」

といって高橋君に近づいた。トットちゃん達が近づくと、高橋君は、人なつっこそうに笑った。だから、トットちゃん達も、すぐ笑った。高橋君の目はクリクリして、何かを話したそうにしている目だった。

「電車の教室、見る?」

と、トットちゃんが先輩《せんぱい》らしくいった。高橋君は、帽子を頭にチョコンとのせると、

「うん」

といった。トットちゃんは、早く見せたいので、凄《すご》い、いきおいで電車の中に入ると、ドアのところで、

「早くいらっしゃいよ!」

と呼んだ。高橋君は、忙《いそが》しそうに歩いていた。でも、まだ、ずーっとむこうのほう

にいた。チョコチョコと走るみたいな形で高橋君はいった。

「ごめんね、いま行くから……」

　トットちゃんは、小児麻痺の泰明ちゃんみたいに、足をひきずって歩かない高橋君が、なかなか電車に着かないのに気がついた。トットちゃんは、もう叫ばないで、高橋君を見た。高橋君は、一生懸命に、トットちゃんのほうにむかって走っていた。いまトットちゃんには、「早く！」っていわなくても、高橋君の急いでいることが、よくわかった。高橋君の足は、とても短くて、ガニ股《また》の形に曲がっていたのだった。先生や大人には、高橋君の身長が、このまま止まってしまう、とわかっていた。高橋君は、トットちゃんが、じーっと見ているのに気がつくと、両手を前後に振りながら、もっと急いだ。そしてドアのところに着くと、

「君は速いな」

　といった。それから、

「僕、大阪《おおさか》から来たんだ」

　といった。

「大阪？」

トットちゃんは、とても大きな声で、聞きかえした。だって、トットちゃんにとって、大阪は、幻《まぼろし》の町、まだ見たことのない町だったんだ。というのは、ママの弟で、大学生になる叔父《おじ》さんは、トットちゃんの家に来ると、トットちゃんの両方の耳のあたりを両手ではさむと、そのままの形で、トットちゃんの体を高く持ちあげて、

「大阪見物させてやる。大阪は見えるかい？」

と聞くのだった。これは、小さい子と遊んでくれる大人が、よくやるいたずらだったけど、トットちゃんは本気にしたから、顔の皮が、全部、上のほうにのびて、目もつり上がって、耳も少し痛かったけど、必死にキョロキョロして遠くを見た。いつも大阪は見えなかった。でも、いつかは、見えるのかと思って、その叔父さんが来ると、

「大阪見物させて？　させて？」

と頼んだ。だから、トットちゃんにとって、大阪は、見たことのない、憧《あこが》れの町なのだった。そこから来た高橋君！

「大阪の話、して？」

トットちゃんはいった。高橋君は、うれしそうに笑った。

「大阪の話か……」

歯切れのいい、大人っぽい声だった。その時、始業のベルが鳴った。

「残念《ざんねん》！」

と、トットちゃんは、いった。高橋君は、ランドセルにかくれて、見えないくらいの小さい体をゆすりながら、元気に、いちばん前の席にすわった。トットちゃんは、いそいで隣にすわった。こういうとき、この学校の自由席制度は、ありがたかった。だってトットちゃんは、（離《はな》れちゃうのが惜《お》しい）そんな気持ちだったのだから。こうして高橋君も仲間になった。

とびこんじゃダメ！

学校からの帰り道、家の近くまで来たとき、トットちゃんは、道路のはじのほうに、いいものを見つけた。それは、大きい砂の山だった。（海でもないのに砂があるなんて！　こんな夢みたいな話って、あるかしら？）すっかり嬉《うれ》しくなったトットちゃんは、一回、ポン！　と高くとび上がってはずみをつけると、それからは、全速力で駈《か》けて行って、その砂の山のてっぺんに、ポン‼　と、とびのった。ところが、砂の山と思ったのは間違いで、中は、すっかり練《ね》った、ねずみ色の壁土《かべつち》だったから、「ズボッ！」という音と同時に、ランドセルに草履袋《ぞうりぶくろ》という形のまま、トットちゃんは、そのネチャネチャの中に銅像《どうぞう》のように、胸までつかってしまった。出ようと思っても、もがくと、足の下がツルツルにすべって、靴《くつ》がぬげそうになるし、気をつけないと、頭までネチャネチャの中に、埋まってしまう危険もあった。だから、トットちゃんは、左手の草履袋もネチャネチャの中に入れたまま、ずーと立ってた。時々、通りかかる、誰か知らないおばさんに、

「あの……」

と小さい声でいうんだけど、みんな遊んでるのかと思って、ニコニコして行ってしまうのだった。

夕方、薄暗《うすぐら》くなった頃、探《さが》しに来たママは、びっくりした。砂の山からトットちゃんが、顔を出していたのだから。ママは棒《ぼう》を探して来て、それの片方をトットちゃん

に渡すと、引っぱって、山から出してくれた。手で引っぱったら、ママの足もネチャネチャの中に入ってしまうからだった。ほとんど、全身、ねずみ色の壁みたいになってるトットちゃんに、ママはいった。

「この前もいったけど、何か面白いもの見つけたとき、すぐ、とびこんじゃダメなの。よく、そばに行って、調べてからにしてちょうだい！」

この前というのは、学校の昼休みのことだったけど、トットちゃんが講堂の裏の細い道を、ぶらぶら歩いていると、道のまん中に、新聞紙が置いてあった。（面白そう！）そう思ったトットちゃんは、

「わーい‼」

というといつものように、少し後ろにさがって、ポン……と飛び上がって、はずみをつけ、新聞紙の、まん中めがけて全速力で、駈《か》けてとびのった。ところが、それは、この前、お財布を落とした、あのトイレの汲み取り口で、小使いのおじさんが、仕事の途中に出かけるかなにかで、におうといけないので、コンクリートのふたを取った、その上に、新聞紙をのせて置いてあったのだった。だから、トットちゃんは、そのまま、「ドボン！」と、トイレの中に落ちたのだった。そのあと、いろいろ大変

だったけど、とにかく、運よく、トットちゃんは、きれいな子にもどった。そのときのことを、ママはいったのだった。

「もう、とびこまない」

トットちゃんは、壁みたいに静かにいった。ママは安心した。ところが、そのあとの、トットちゃんのいったことを聞いて、(やっぱり安心するのは早かった)と、ママは思った。なぜなら、トットちゃんが、そのあとで、こういったからだった。

「新聞紙と、砂の山には、もうとびこまない」

……つまり、他のものなら、また、とびこむに違いないことは、ママに、はっきりと、したのだった。

そろそろ、日の暮《く》れるのが、早くなってきていた。

「それからさあー」

　ふだんでも、みんなが楽しみにしてる、トモエのお弁当《べんとう》の時間に、最近になって、面白いことが、また増えた。

　トモエのお弁当の時間は、今までは、校長先生が、全校生徒五十人の「海のもの」と「山のもの」の、おかずの点検があって、その海か山か、どっちかが、足《た》りないとわかった子に、校長先生の奥さんが、両手にひとつずつ持って歩いている海と山の、お鍋《なべ》から、おかずが配られて、それから、〽よーく、噛《か》めよ　たべものを……を、みんなで歌って、

「いただきまーす」

になったのだけど、今度から、この「いただきまーす」のあとに、

「誰《だれ》かさんの、〝おはなし〟」

というのが入ることになったのだ。

このあいだ、校長先生が、

「みんな、もっと話が上手《じょうず》になったほうが、いいな。どうだい、今度から、お弁当の時、みんなが喰《た》べてる間、毎日、違《ちが》う誰かさんが、ひとり、みんなの輪のまん中に入って、お話する、ってのは？」

といった。子供たちは、（自分で話すのは上手じゃないけど、聞くのは面白いな）とか、（わあー、みんなにお話してあげるのなんか、スッゴク好き）とか、いろんなふうに考えた。トットちゃんは、（どんなお話をすればいいか、まだわかんないけど、やってみる！）と思った。

こんなわけで、ほとんどが校長先生の考えに賛成だったので、次の日から、この「おはなし」が始まったのだった。

校長先生は、自分の外国生活の経験から、ふつう、日本では「ごはんの時は、だまって喰べなさい」と、家でいわれている子供たちに、

「食事というのは、出来るだけ楽しく。だから、急いで喰べないで、時間をかけて、お弁当の時間には、いろんな話をしながら喰べていい」

といつもいっていた。そして、もうひとつ、

（これからの子供は、人の前に出て、自分の考えを、はっきりと自由に、恥《は》ずかしがらずに表現できるようになることが、絶対に必要だ）

と考えていたから、そろそろ始めてみよう、と決めたのだった。だから、校長先生は、みんなが、

「賛成！」

といったとき、こういった。トットちゃんは一生懸命に聞いた。

「いいかい。上手にお話しようとか、そんなふうに思わなくていいんだよ。そして話も、自分のしたいこと、なんでもいいからね。とにかく、やってみようじゃないか？」

なんとなく順番も決まった。お話をする番になった人だけは、〽よーく　嚙めよ……を歌ったら、一人だけ、いそいで喰べていいことも決まった。

ところが、三人ぐらいとかの、小さいグループの中で、休み時間に話すのと違って、全校生徒、五十人のまん中で、話す、というのは、勇気もいるし、むずかしいことだった。初めの頃《ころ》は、照れちゃって、ただ「イヒイヒイヒイヒ」笑ってばかりの子

や、必死になって考えて来たのに、出たとたんに忘れちゃって、話の題名らしい、「蛙《かえる》の横っちょ飛び」

というのだけを何回も、くり返したあげく、結局、

「雨が降ると……、おしまい」

といって、おじぎをして席に帰る子もいた。

トットちゃんは、まだ番が来なかったけど、来たら、やっぱり、自分の一番好きな、「お姫さまと王子さま」の話にしよう、と決めていた。でも、トットちゃんの「お姫さまと王子さま」の話は有名で、いつもお休みの時間にしてあげると、みんなが、「もう飽《あ》きたよ」というぐらいだったけど、やっぱり、それにしよう、と思っていた。

こうやって、毎日、かわりばんこに前に出て話す習慣が少しずつついて来た、ある日、絶対に順番が来ても、「しない」といいはる子がいた。それは、

「話は、なんにも無《な》い！」

という男の子だった。トットちゃんは、（話なんか無い）という子がいたことに、とても、びっくりした。ところが、その子は、無い！　のだった。校長先生は、その

子の空《から》になったお弁当箱の、のった机の前にいくと、いった。

「君は話が、無いのかあ……」

「なんにも無い！」

その子は、いった。決して、ひねくれたり、抵抗《ていこう》してるんじゃなくて、本当に無いようだった。

校長先生は、

「ハ、ハ、ハ、ハ」

と歯の抜けているのを気にしないで笑って、それからいった。

「じゃ、作ろうじゃないか！」

「作るの？」

その子は、びっくりしたようにいった。

それから校長先生は、その子を、みんなのすわってる輪のまん中に立たすと、自分は、その子の席にすわった。そして、いった。

「君が、今朝《けさ》、起きてから、学校に来るまでのことを、思い出してごらん！　最初に、なにをした？」

その男の子は、頭の毛をボリボリ掻《か》きながら、まず、

「えーと」

といった。そしたら校長先生がいった。

「ほら、君は、『えーと』っていったよ。話すこと、あったじゃないか。『えーと』の次は、どうした？」

するとその子は、また頭をボリボリ掻きながら、

「えーと、朝起きた」

といった。トットちゃんやみんなは、少し、おかしくなったけど、注目していた。

それから、その子は、

「そいでさあー」

といって、また、頭をボリボリやった。先生は、じーっと、その子の様子《ようす》を、ニコニコした顔で、手を机の上に組んで見ていたけど、そのとき、いった。

「いいんだよ、それで。君が朝起きた、ってことが、これで、みんなにわかったんだから。面白いことや、笑わせること話したから偉《えら》いっていうことじゃないんだ。『話が無い！』っていった君が、話を見つけたことが、大切《たいせつ》なんだよ」

するとその子は、凄《すご》く大きな声で、こういった。

「それからさあー」

みんなは、いっせいに身をのり出した。その子は、大きく息を吸うと、いった。

「それからさあー、お母さんがさあー、歯をみがきなさい、っていったから、みがいた」

校長先生は拍手した。みんなも、した。すると、その子は、前よりも、もっと大きい声で、いった。

「それからさあー」

みんなは拍手をやめ、もっと耳を澄《す》ませて、ますます身をのり出した。その子は、得意そうな顔になって、いった。

「それからさあー、学校に来た！」

身をのり出した上級生の中には、少しつんのめったのか、お弁当箱に、頭をぶつける子もいた。でも、みんなは、とてもうれしくなった。

（あの子に、話があった！）

先生は大きく拍手をした。トットちゃん達《たち》も、うんとした。まん中に立ってる「それからさあー」の子も、一緒になって、拍手をした。講堂は、拍手だらけになった。この拍手のことを、この子は、恐《おそ》らく大人《おとな》になっても、忘れないに違いなかった。

ふざけただけなんだ

今日は、トットちゃんに大事件が起こった。それは、学校から帰って来て、晩御飯《ばんごはん》までの間、ちょっと遊んでるときのことだった。はじめは、冗談《じょうだん》から始まったのだけれど、トットちゃんの部屋《へや》で、トットちゃんとロッキーが、「狼《おおかみ》ごっこ」をしてるときに、それは起こった。

「狼ごっこ」の前は、ふつうみたいに、お互いが、部屋の反対側から、ゴロゴロころがって来て、ぶつかったところで、少し、おすもうみたいに、とっ組み合いを少しやって、少しやったら、「パッ！」と離《はな》れるのを、くり返していた。そのうち、もう少し、「むずかしいのをやってみよう」ということになって……といっても、トットち

ゃんが一方的に決めたんだけど……、ゴロゴロころがって来て、ぶつかったとき、

「狼みたいに、見えたほうが勝ち！」

というのをやろう、ということになった。シェパードのロッキーにとって、狼になるのは、そうむずかしいことじゃなかった。耳をピーンとさせて、口を大きくあければ、歯は奥のほうまで、いっぱいあったし、目だって、こわく出来た。でも、トットちゃんにとっては、少し大変だったけど、とにかく両手を耳みたいに頭のところにやって、口を出来るだけ大きく開け、目だって、精一杯《せいいっぱい》大きくして、

「ウ〜、ウ〜」

とうなって、ロッキーに噛《か》みつく、まねをした。ロッキーも、初めは、上手に、まねをした。ところが、こうやって狼みたいに、やってるうちに、まだ子供のロッキーには、冗談と、本当の見境《みさかい》がつかなくなってきて、突然《とつぜん》、まねじゃなくて、本当に噛みついた。

子供といっても、体はトットちゃんの倍近くあったし、歯だって、とがっていたから、トットちゃんが、「あっ！」と思って気がついたときは、トットちゃんの右の耳が、ブラブラになっていた。血がダラダラ、いっぱい出て来た。

「あーあ‼」

叫び声で、ママがお台所から飛んで来たとき、トットちゃんは、右の耳を両手で押さえて、ロッキーと部屋の隅《すみ》っこのほうにいた。洋服も、そのあたりも、血でいっぱいだった。応接間でヴァイオリンの練習をしていたパパも、飛んで来た。ロッキーは、今になって、自分が大変なことをした事に気がついたのか、尻《し》っぽをたらし、トットちゃんの顔を上目《うわめ》づかいに見た。

このとき、トットちゃんの頭の中には、ひとつのことしかなかった。それは、

(もし、パパとママが、凄《すご》く怒って、ロッキーを捨てたり、よそにやったりしたら、どうしよう)

ということだった。トットちゃんにとって、なによりも、それは、悲しくて、こわいことだった。だから、トットちゃんは、ロッキーにくっついて、うずくまって、右の耳を押さえながら、大きな声で、くり返し、こういった。

「ロッキーを叱《しか》らないで！　ロッキーを叱らないで！」

パパとママは、そんなことより、耳がどうなったのか知ろうとして、トットちゃんの手を耳からどかそうとした。トットちゃんは、手を離さないで、叫ぶようにいっ

た。

「痛くなんかない！　ロッキーの事、怒らないで！　怒らないで！」

トットちゃんは、このとき、本当に痛さは感じていなかった。ロッキーのことだけが心配だった。

そういってる間にも、血がどんどん流れていた。パパとママに、やっとロッキーが嚙んだらしい、ということがわかったけど、とにかく、「怒らない」と約束した。それで、やっと、トットちゃんは、手を離した。ブラブラになってる耳を見て、ママは悲鳴をあげた。それから、ママが道案内をして、パパが、トットちゃんをかかえて、耳のお医者さまに行った。とにかく、手当が早かったのと、運がよかったのとで、耳は、もと通りに、つく、ということがわかった。パパとママは、やっと安心した。でも、トットちゃんは、パパとママが、「怒らない」っていう約束を守ってくれるかだけが、心配だった。

トットちゃんは包帯《ほうたい》で、頭から、あごから、耳から、グルグル巻きにされてまるで白兎《しろうさぎ》のようになって、家に帰った。怒らないと約束したけど、パパは、（ひとこと、ロッキーにいわなくては気が済《す》まない）と思っていた。でも、ママが、「約束したんだから」と目で知らせて、パパは、やっと我慢《がまん》した。トットちゃんは、ロッキーに、「もう大丈夫《だいじょうぶ》！　誰も怒っていない」ということを、早く知らせたくて、いそいで家に入った。でも、ロッキーは、どこにも見えなかった。このとき、トットちゃんは、はじめて、泣いた。お医者さまのところでも、一生懸命、我慢して、泣かなかったのに。泣けば、その分《ぶん》だけロッキーが叱られると思ったから。でもいまは、涙が止まらなかった。泣きながら、トットちゃんは、名前を呼んだ。

「ロッキー！　ロッキー！　いないの？」

何度か呼んだとき、トットちゃんの涙でいっぱいの顔が、ニッコリした。だって見《み》馴《な》れた茶色の背中がソファーの後ろから、少しずつ見えて来たから……。ロッキーは、トットちゃんに近づくと、包帯のすき間から見えてる、トットちゃんの、大丈夫のほうの耳を、そーっと、なめた。トットちゃんは、ロッキーの首を抱くと、耳の中のにおいをかいだ。パパもママも、「くさい」というけど、トットちゃんには、なつかしく、いいにおいだった。

ロッキーもトットちゃんも疲れてねむくなった。

夏の終わりの月は、前よりもっと仲良くなった、この包帯だらけの女の子と、もう絶対に「狼ごっこ」をやらない犬を、庭の少し上のほうから、見ていたようだった。

運動会

トモエの運動会は「十一月三日」と決まっていた。それは、校長先生が、いろんな所に問い合わせた結果、秋で、雨の降ることが最《もっと》も少ないのが、この十一月三日とわかったので、そう決めて以来、毎年、この日にやることになっていた。前の日から、すっかり校庭にいろんな準備《じゅんび》や飾《かざ》りつけをして楽しみにしてる子供たちの運動会に、出来る限り雨が降らないでほしいと願う校長先生の、お天気データ集めが成功したのか、その気持ちが、空の雲や、お陽《ひ》さまに通じたのか、本当に不思議なくらい、この日は雨が降らなかった。

ところで、トモエ学園には随分《ずいぶん》いろんなことが、ふつうの学校と違《ちが》っていたけど、運動会は、とりわけユニークなものだった。ふつうの小学校と同じものは、綱引《つなひ》きと、二人三脚《ににんさんきゃく》くらいのもので、あとは全部、校長先生の考えた競技《きょうぎ》だった。それも、特別な道具を使うとか、おおげさなものは、なにひとつ無く、すべて、学校にあるおなじみのもので、まにあった。

例えば、「鯉《こい》のぼり競争《きょうそう》」というのは、出発点から、ヨーイドン！　で、少し走って、校庭のまん中に置いてある、というか、寝ている、大きい布の鯉のぼりの、口から入って、尻っぽから出て、また出発点まで帰って来る、というのだった。鯉は、青い色が二匹《ひき》と赤いのが一匹で、合計三匹いたから、三人が同時にヨーイドン！　で出発した。でも、これは、やさしいようで、案外《あんがい》むずかしかった。というのは、中に入ると、まっ暗《くら》で、胴体《どうたい》が長いから、しばらくゴソゴソやってるうちに、どっちから入ったのかわからなくなって、トットちゃんみたいに、何度も、鯉の口から顔を出して外を見ては、また、いそいで中に、もぐっていく、という風《ふう》になってしまうからだった。これは、見ている子供達にとっても、面白かった。というのは、中で誰かがゴソゴソ行ったり来たりしていると、まるで、鯉が生きてるように見えたから。

それからまた、「お母さん探し競争」というのもあった。これは、ヨーイドン！

で、少し走って、横に長く置いて立ててある、木の梯子《はしご》の、段と段の間を通り抜け、そのむこうにある籠《かご》の中の封筒《ふうとう》から、紙をとり出し、例《たと》えばそれに、

「サッコちゃんのお母さん」

と書いてあったら、見物人の中に行って、サッコちゃんのお母さんを探し、手をつないでゴールインするのだった。これは、横にしてある梯子の四角い穴をくぐるのだから、よほど猫みたいに、うまくやらないと、お尻とかがひっかかった。それから、

「サッコちゃんのお母さん」

だったら知ってても、

「奥《おく》先生のお姉さん」とか、「津江《つえ》先生のお母さん」とか、「国則《くにのり》先生の息子《むすこ》さん」になると、逢《あ》ったことがないから、見物人のところに行って、

「奥先生のお姉さん！」

と、大きい声で呼《よ》ばなきゃならなかったから、少し勇気も必要だった。だから、偶《ぐう》然《ぜん》、自分のお母さんにあたった子は、大よろこびで、

「お母さん！　お母さん！　早く！」

と飛び上がりながら叫《さけ》ぶのだった。そして、この競技は、子供もだけど、見物人

も、しっかりしてることが必要だった。子供が次々に走って来て、誰かのお母さんの名前をいうから、呼ばれたお母さんは、ぼんやりしてないで、すぐ、すわっているベンチや、ゴザのところから立ち上がって、他のすわってるお父さんやお母さん達《たち》の間を、「恐れ入ります」なんていいながら、しかも、急いで、すり抜けて、誰かの子供と手をつないで走らなくちゃいけなかったし。だから、お父さん達も、子供が走って来て、大人の前に止まると、一斉《いっせい》に息を止めて、誰の名前をいうか、その子供に注目した。そんなわけで、大人たちも、雑談したり、なにか喰《た》べてる暇《ひま》はなく、いつも子供たちと、一緒《いっしょ》にやってる気分だった。

　綱引《つなひ》きは、校長先生を始め、全部の先生も二組に別れて、子供たちの中に混《ま》じって、

「オー・エス・オー・エス‼」

　と引っぱった。綱のまん中の、ハンカチのしばってある所に、いつも注意して、

「どっちの組が勝ち！」

　というのは、泰明ちゃんとか、体が不自由で、引っぱることの出来ない子供たちの役目だった。

そして、最後の全校リレーが、また、トモエらしいのだった。なにしろ、リレーといっても、長く走るところは、あまりなく、勝負どころは、学校の中央にあたる、つまり門にむいて、お扇子《せんす》型《がた》に広がっている、講堂に上がるコンクリートの階段を、かけのぼって、かけおりて来る、という、他には類のないリレーコースだった。ところが、一見、たわいなく見えるのに、この階段の一段一段の高さが、ふつうの階段より、ずーっと低く、傾斜《けいしゃ》がゆるく、しかも、このリレーのときは、何段も一足とびにやってはいけなくて、丁寧《ていねい》に、一段一段登って一段一段降りて来る、というのだから、足の長い子や、背の高い子には、むしろ、むずかしかった。でも、これは、子供たちにとって、毎日、お弁当の時間にかけ上がる階段が、「運動会用」となると、また別のもののように思えて面白く、新鮮《しんせん》で、みんなキャアキャアいって、上がったり、降りたりした。それは遠くから見ていると、美しく、万華鏡《まんげきょう》のようにさえ、見えた。階段は、てっぺんまで入れて、八段あった。

さてトットちゃんたち一年生にとって、初めての運動会は、校長先生の希望どおり、晴天で始まった。みんなで、前の日から、折紙《おりがみ》で作った、くさりとか、金色の星とか、いっぱい飾《かざ》ったからとってもお祭りみたいだったし、レコードの音楽も気持ちがウキウキするようなマーチだった。

　トットちゃんは、白いブラウスに、紺《こん》のショートパンツ、という、いでたちだった。本当は、絶対に、ひだのたくさんはいった、ブルーマーがよかったんだけど……。トットちゃんは、ブルーマーに憧《あこが》れていた。それは、この前、トットちゃん達の授業が終わったあと、校長先生が幼稚園の保母さん達に、校庭でリトミックの講習というのをしてるとき、数人の女の人が、ブルーマーをはいていて、それがトットちゃんの目をひいたのだった。なぜ、ブルーマーがよかったかというと、そのブルーマーをはいたお姉さんが、足を、「トン!」と地面につけると、ブルーマーから出ている腿《もも》が、〝プルルン〟と揺《ゆ》れて、それがなんとも、大人っぽくてトットちゃんは、

（いいなあ）

と、憧れたのだった。だからトットちゃんは、走って家に帰ると、自分のショートパンツを引っぱり出し、「トン!」とやってみた。でも、まだ一年生の女の子の、やせた腿では、〝プルルン〟にならなかった。何度もやってみた結果、トットちゃんは、こう考えた。

「あのお姉さんのはいていたのなら〝プルルン〟になる!」

ママにお姉さんのはいてたのを説明したら、それが〝ブルーマー〟というものだとわかった。だからトットちゃんは、絶対に運動会には、「ブルーマー」とママに頼んでいたんだけど、小さいサイズが手に入らないということで、残念ながら、〝プルルン〟なしの、ショートパンツ、というのが、今日のトットちゃんの、いでたち、というわけだった。

さて、運動会が始まって、驚くことが起こった。それは、どの競技も（たいがい全校生徒が一緒にやるのだけれど）、学校で、一番、手足が短く背の小さい、高橋君が一等になっちゃうことだった。それは本当に信じられないことだった。みんなが、モゾモゾしてる鯉のぼりを、高橋君は、ササーッ！　と通り抜けてしまったし、梯子に、みんなが顔をつっこんでる頃、すでに梯子をくぐった高橋君は、さっさと何メートルも先を走っていた。そして講堂の階段のぼりのリレーに到《いた》っては、みんながブキッチョに、一段一段やってる時、高橋君の短い足は、まるでピストンのように一気にのぼりつめ、映画の早まわしフィルムのように、降《お》りて来た。結局、みんなが、

「高橋君に勝とう‼」

と、誓《ちか》い合い、真剣にやったのにもかかわらず、全部、一等になったのは、高橋君

だった。トットちゃんも随分、頑張《がんば》ったけど、一つも高橋君には勝てなかった。ふつうに走るところでは勝つけれど、その先の、いろんなことで、結局、負けちゃうのだった。高橋君は、自慢《じまん》そうに、鼻を少しピクピクさせ、うれしさと喜びを、いっぱいに体で表現しながら、一等のごほうびを受けとった。どれも一等だから、いくつも、いくつも、受けとった。みんなは、うらやましく、それを見ていた。

「来年は高橋君に勝とう！」

みんな、心の中でそう思った。（でも、結局、毎年、運動会の花形《はながた》は、高橋君になるのだけど……）

ところで、この運動会の、ごほうびというか、賞品が、また校長先生らしいものだった。なにしろ、一等が「大根一本」、二等が「ゴボウ二本」、三等が「ホーレン草一《ひと》束《たば》」という具合なんだから。だからトットちゃんは、随分《ずいぶん》、大きくなるまで、運動会のごほうびは、「どこでも、野菜」だと思っていたくらいだった。

その頃、他の学校では、たいがい、ノートや鉛筆や、消しゴムなどだった。でも、他の学校のことを知らなくても、みんな、野菜というのには、少し抵抗《ていこう》があった。というのは、トットちゃんにしても、ゴボウとおねぎをいただいたんだけど、それを持って電車に乗るのはなんだか恥ずかしい気がした。そして、この野菜のごほうびは、三等以下にも、いろんな名目《めいもく》で配られたから、運動会の終わったとき、トモエの生徒、みんなが野菜を持っていた。なんで野菜を持って学校から帰るのが恥ずかしいのか、よくわかんなかったけど、「ちょっと、かわってる」といわれるといやだといった子も、いたようだった。お母さんに頼まれて、家から、おつかいカゴなんか持って八百屋さんに行くのなら、恥ずかしくないんだけど。

キャベツがあたったデブの男の子は、持ちにくそうに、あれこれ、かかえかたを研究してたけど、とうとう、

「やーだよ。こんなの持って帰るの恥ずかしいよオー。捨《す》てちゃおうかなあー」

といった。校長先生は、みんながグズグズいってるらしいって聞いたのか、人参《にんじん》だの、大根《だいこん》だのを、ぶら下げてるみんなのところに来て、いった。

「なんだ、いやかい？　今晩《こんばん》、お母さんに、これを料理してもらってごらん？　君達が自分で手に入れた野菜だ。これで、家の人みんなの、おかずが出来るんだぞ。いいじゃないか！　きっと、うまいぞ！」

そういわれてみると、たしかにそうだった。トットちゃんにしても、自分の力で、

晩御飯のおかずを手に入れたことは、生まれて初めてだった。だから、トットちゃんは、校長先生にいった。

「私のゴボウで、キンピラをママに作ってもらう！　おねぎは、まだわかんないけど……」

そうなると、みんなも口々に、自分の考えた献立《こんだて》を先生にいった。先生は、顔を真っ赤にして笑いながら、うれしそうにいった。

「そうか！　わかってくれたかい？」

校長先生は、この野菜で、晩御飯をたべながら、家族で楽しく、今日の運動会のことを話してくれたらいい、と思ってたかも知れない。そして、特に、自分で手に入れた一等賞で、食卓が溢《あふ》れた高橋君が、「その、よろこびを覚えてくれるといい」。背がのびない、小さい、という肉体的なコンプレックスを持ってしまう前に、「一等になった自信を、忘れないでほしい」と校長先生は考えていたに違いなかった。そして、もしかすると、もしかだけど、校長先生の考えたトモエ風《ふう》競技は、どれも高橋君が一等になるように、出来ていたのかも、知れなかった……。

小林一茶《いっさ》

生徒たちは、校長先生を、

「小林一茶！　一茶のおやじのはげ頭！」

などと呼ぶことが、よくあった。それは、校長先生の名前が「小林宗作《そうさく》」であり、また、校長先生が、よく俳句《はいく》の話をして、中でも素晴らしいのが、「小林一茶」である、といつもいっていたから、生徒たちは、両方をまぜて、先生をそう呼び、校長先生は勿論《もちろん》だけど、一茶さんをも、友達のように思っていた。先生は、一茶の句が率直《そっちょく》であり、生活の中から出ていることが好きだった。

何十万人いたかわからない当時の俳人《はいじん》の中で、誰《だれ》にも真似《まね》の出来ない自分だけの世界を作り、こんな、子供みたいな句が作れる人を尊敬《そんけい》もし、うらやましくも思っていた。だから、折りあるごとに、子供たちに一茶の句を教え、子供たちも、みんなそれを暗誦《あんしよう》していた。

「やせ蛙《がえる》　負けるな一茶　これにあり」

「雀《すずめ》の子　そこのけそこのけ　お馬が通る」

「やれ打つな　蠅《はえ》が手をする　足をする」

それから、小林先生が即興《そつきよう》に作曲したメロディーで、

「われと来て　遊べや　親のない雀《すずめ》」

を、みんなで歌うこともあった。授業の中に、はっきり入っていたわけではないけれど、校長先生の「俳句」の時間は、よくあった。

トットちゃんの初めて作った俳句、

「のらくろは　兵隊やめて　大陸へ行く」

……自分の思ってることを、正直に句にしてごらん、と校長先生はいったけど、トットちゃんの句は、俳句とはいえなかった。でも……〝そのときトットちゃんが、何に関心を持っていたか〟は、少なくとも、これでよくわかった。数えてみると、五・七・五ではなくて、五・七・七になっちゃったけど、一茶のおじさんだって、

「雀の子　そこのけそこのけ　お馬が通る」

では、五・八・七だから（いいや！）と、トットちゃんは思ったのだった。九品仏《くほんぶつ》に散歩に行くとき。雨が降って、みんな外で遊べないで講堂に集まったとき。トモエの小林一茶は、子供たちに、俳句のこと、また俳句を通して、人間について、自然について、考えることを教えた。そして、一茶の句はトモエに、合っていた。

雪とけて　村いっぱいの　子供かな（一茶）

とっても不思議《ふしぎ》！

トットちゃんは、昨日、生まれて初めて、お金をひろった。どこで拾《ひろ》ったかといえば、それは、学校から帰って来る電車の中だった。自由が丘から大井町線に乗って、次の、緑が丘の駅につく前に、大きいカーブがあって、いつも電車がキキィーと傾《かたむ》くから、トットちゃんは昨日も、ちゃんと両足をふんばって、オットトットット！　なんて、ならないように準備していた。トットちゃんの立つ場所は、走ってる電車の最後尾の、進行方向に向かって右側のドア、といつもきまっていた。それは、自分の駅についたら、右が開くから、すぐ降《お》りられるし、駅の階段に、いちばん近いのが、このドアだったからだった。

さて、昨日のことだけど、キキィーとなった！　と思ったとき、トットちゃんは足の近くに、ちょっと、お金みたいなものが落ちているのに気がついた。でも、前にお金だと思って拾ったら、ボタンだったこともあったから、

（よく見てから、お金かどうか、考えよう）

と思って、キキィーのあと、電車が、まっすぐになってから、顔を近づけて、よく見てみた。それは、まぎれもなく、お金で、五銭玉《ごせんだま》だった。そのへんの誰かが落として、それが、傾いたときに飛んで来たのかと思ったけど、そのとき、そこに立っているのは、トットちゃんだけだった。

（どうしよう？　……）

そのとき、「お金をひろったときは、すぐ交番へ」って、誰かがいったことを思い

だした。

（でも、電車の中に交番は、ないじゃないの？）

そのとき、最後部の車掌室《しゃしょう》にいた車掌さんが、ドアを開けて、トットちゃんのいる車輛《しゃりょう》に入って来た。そのとき、どんな事が、トットちゃんの頭に浮かんだのか、トットちゃんは自分でも、よくわかんなかったけど、とっさに、その五銭玉の上に、右足をのっけてしまった。顔見知りの車掌さんは、トットちゃんを見るとニコニコした。でもトットちゃんは、右足の下が気になって、心から笑うことはできなかったけど、少しは、笑った。そのとき電車は、トットちゃんの降りる駅の一つ前の大岡山《おおおかやま》につき、反対側のドアが開いた。ところが、どういうわけか、いつもより大人がいっぱい乗りこんで来て、トットちゃんを押した。右足を動かすわけにいかないから、トットちゃんは必死にふせいだ。ふせぎながら、こう考えていた。

（降りるとき、このお金を持って降りて、交番にとどけることにする！）

でも、また、そこで新しい考えが浮かんだ。

（でも、足の下から、お金を取るとき、もし、大人が見たら、泥棒《どろぼう》！　と思うかもしれない！）

その頃の五銭というお金は、小さいキャラメル一箱か、板チョコが一枚、買えるくらいの金額だった。だから、大人にすれば、たいした額じゃないけど、トットちゃんにとっては、大金だったから、とても心配になった。

（そうだ！「あっ！　私、お金おとしたから、ひろわなくちゃ」って小さい声でいってから、ひろえば、みんなが、私のお金だと思うに違いない！）

でも、またすぐ、違《ちが》う心配の考えが浮かんだ。

（もし、そんなこと私がいって、みんなが私を見たら、誰かが、「それは、おれのだ」っていうかもしれない。そしたら、こわくなっちゃう……）

いろいろ思いめぐらした結果、降りる駅の近くになったとき、しゃがんで、靴《くつ》の紐《ひも》を結ぶふりをして、そーっと、ひろう事を思いつき、それに成功した。

汗《あせ》びっしょりで、五銭玉を手にプラットホームに降り立ったとき、トットちゃんは、とっても疲れたような気がした。そして、ここから、うんと遠い交番まで、とどけに行ったら、遅《おそ》くなって、ママが心配する、と思った。だから、駅の階段をトントンと降りながら真剣に考えて、こういうことにすることに決めた。

（今日は、誰も知らないところにしまっておいて、明日、学校に行くとき持っていっ

て、みんなに相談する。それに、お金ひろった子なんていないんだから、「これが、ひろったお金!」って見せてあげなきゃ)

それから、トットちゃんは、お金のかくし場所について考えた。家に持って帰ったら、ママが、

「これ、どうしたの?」

って聞くかもしれないから、家じゃないところ。

そこで、駅のすぐそばの、木のしげみの中に、もぐってみた。そこは誰からも見られないし、誰かが入って来る心配もなさそうで、とても安全に見えた。トットちゃんは、棒で小さな穴を掘り、そのまん中に、大切な五銭玉を入れ、土を充分にかけた。そして、目じるしに、形のかわった石を見つけて来て、その上にのせた。それからトットちゃんは、しげみを出ると、大急行で家にむかって、かけだした。

その夜、いつもだと、「もう寝る時間よ!」とママにいわれるまで、学校のことをしゃべるんだけど、あんまりしゃべらずに、早く寝た。

そして、今日の朝!(なんだか、とても大切なことがあった!)という風《ふう》な感じで目が覚《さ》めて、それが、(秘密の宝物のことだった)と思い出したとき、トットちゃ

んは、とても、うれしかった。

いつもより、少し早く家を出たトットちゃんは、ロッキーと、かけっこをしながら、しげみに、とびこんだ。

「あった！　あった！」

昨日、トットちゃんが、ちゃんと置いといた、目じるしの石が、ちゃんと、そのままだった。トットちゃんは、ロッキーに、

「いいもの見せてあげるからね」

といって、石をどかして、そーっと穴を掘った。ところが、こんなに不思議な事は、またとない、と思うんだけど、あの五銭玉は、消えていた。トットちゃんは、こんなに、びっくりした事はなかった。〝誰かが、かくすところを見てたのかな？〟とか、〝石が動いたのかな？〟とか、いろいろ推理《すいり》をして、あっちこっち掘ったりしてみたけど、ついに、五銭玉は、どこからも出て来なかった。トットちゃんは、トモエのみんなに見せてあげられなくなったことが、とても残念だったけど、それよりも、「不思議！」と思うほうが強かった。

その後も、そこを通るたびに、しげみに、もぐって掘ってみたけど、二度と再び、

あの、ひろった五銭玉は出て来なかった。

（もぐらが持ってったのかなあ？）

とか、

（あれは昨日の夢だったのかな？）

とか、

（神様が見てたのかな？）

とか、トットちゃんは考えた。でもどんな風《ふう》に考えてみても、これは不思議なことで、いつまでも、いつまでも、忘れられない不思議なことだった。

手でお話《はなし》

今日の午後、自由が丘の改札口の近くのところで、トットちゃんより、少し大きい男の子が二人と、女の子が一人、ちょっと見ると、ジャンケンをしてるのかな？　と思うような恰好《かっこう》で話していた。でもよく見ると、それはジャンケンの、チョキとグーと、パーより、いっぱい、いろんな形があったから、（とても面白《おもしろ》そうだ！）と、トットちゃんは思って、近くに寄って、よく見てみた。三人は、話してるみたいだけど、声は出していなくって、一人、誰《だれ》かが手を動かして、いろんな形をやると、次の誰かが、それを見ていて、すぐ、別の何か形を手で、いろいろやって、三人目が、少しやると、突然《とつぜん》、とっても面白そうに少し声を出して、大笑いをしたりした。だから、トットちゃんは、しばらく見ているうちに、それは、手でお話しているのだとわかった。

（私も、手でお話、できたらいいのになあ）

と、トットちゃんは、うらやましく思った。で、仲間に入ろうか、と思ったけど、どうやって、手で、

「私も入れて？」

ってやるのかわからないし、トモエの生徒じゃないのに、お話したら失礼だと思って、トットちゃんは、三人が、東横線のホームに上って行ってしまうまで、だまったまま、それを見ていた。そして、いつか必ず、

「私も、みんなと、手でお話する人になる！」

と、心の中で決めていた。

まだ、トットちゃんには、耳の不自由な人がいる、という事や、その子たちが、トットちゃんと同じ大井町線の終点の、大井町にある、府立の、ろうあ学校の生徒だ、という事も、わかっていなかった。

ただ、トットちゃんにとっては、目を輝かして、相手の指の動きを見ている子供たちが、とても美しいと思え、いつか、お友達になりたい、と、そんな風《ふう》に考えていたのだった。

泉《せん》岳《がく》寺《じ》

トモエの小林先生の教育方法は、独特であったけど、多分《たぶん》に、ヨーロッパや、その他の外国の影響も、うけていた。例《たと》えば、リトミックを始めとする新しいリズム教

育。お食事や、お散歩《さんぽ》のときなどのマナー。お弁当のときに歌う、

〽よーく　噛《か》めよ　たべものを……

は、イギリスの、

〽ロー　ロー　ロー　ユアー　ボート

の替え歌だったし、その他にも、いろいろあった。ところが、この小林校長先生の、片腕《かたうで》というか、ふつうの学校なら、教頭先生にあたる、丸山先生という先生は、全《まった》く、ある点、小林先生と違っていた。丸山先生は、名前の丸と同じに、まんまるい頭で、そのてっぺんには毛が一本もなくて、ツルツルだけど、よく見ると、耳の横から、うしろにかけては、短くて光っている白い毛が、ずーっと生《は》えている、というところや、まんまるい眼鏡《めがね》に、まっ赤な頰《ほ》っぺたという、見たところ、まず小林先生とは違っていたけど、それよりも、時々、

〽ベンケイ　シクシク　夜　河をわたる

という詩吟《しぎん》を、みんなに聞かせるところが、とても違っていた。本当は、

〽鞭声《べんせい》　粛粛《しゆくしゆく》　夜　河を過《わた》る

というのだけれど、トットちゃん達は、弁慶《べんけい》が、シクシクと泣きながら、夜、川を

渡っていく時の歌だと信じていた。それにしても、丸山先生の〽ベンケイ　シクシクは有名だった。

ところで、十二月の十四日のことだった。朝、みんなが学校に集まると、丸山先生は、いった。

「今日は、四十七士《しじゅうしちし》が討入《うちい》りをした日なので、泉岳寺《せんがくじ》まで、歩いて、おまいりに行きます。お家のほうには、もう連絡《れんらく》してありますから」

小林先生は、この丸山先生の、やりたい事に、反対はしなかった。どう思っていたかは、わからないけど、反対しなかった、という事は、「悪くない」と思っていた事になるのだから。それにしても、やっぱり、トモエと四十七士のお墓《はか》まいりというのは、なんとなく、とりあわせが面白い、と、トットちゃんのママなどは思っていた。

出発の前に、丸山先生は、四十七士のだいたいの筋を説明した。中でも、四十七士に武具を調達《ちょうたつ》した、天野屋利兵衛《あまのやりへえ》という人が、幕府《ばくふ》の役人に、どんなに追及《ついきゅう》されても、

「天野屋利兵衛は、男でござる」

といって、仇討《あだう》ちの秘密を、もらさなかった、というところを、くり返し、みんな

に話した。生徒たちは、四十七士のことは、あまりよくわからなかったけど、授業がなくて、九品仏《くほんぶつ》のお寺より、遠いところまで、お弁当を持って散歩に行く、という事に興奮《こうふん》していた。校長先生や、他の先生に、

「行ってまいりまーす」

をして、全校生徒、五十人が、丸山先生を先頭に歩き出した。そのうち、列の、あっちでも、こっちでも、

「天野屋利兵衛は男でござる」

という声が聞こえた。女の子も、大きい声で、

「……男でござる」

などと叫んだから、道を歩く人は、笑ってふり返ったりした。自由が丘から泉岳寺までは、約三里（十二キロ）の道のりだった。でも車もほとんどなく、空は青い、十二月の東京、

「天野屋利兵衛は男でござる」

を連発しながら、ゾロゾロ歩く子供たちにとっては、ちっとも苦にならない道だった。

泉岳寺につくと、丸山先生は、みんなに、お線香《せんこう》や、水や、花を渡した。九品仏のお寺よりは、小さかったけど、お墓は、たくさん、並んでいた。

そして、ここに、「シジュウシチシ」という人が、おまつりしてあるのだ、と思うと、トットちゃんも、おごそかな気分になって、お線香や、お花をそなえて、だまって、丸山先生のするように、おじぎした。生徒たちの間に、静寂《せいじゃく》、というようなものが広がった。トモエには珍しく、静かになった。どのお墓の前のお線香も、長く長く、空に、煙《けむり》で絵を描いていた。

その日以来、トットちゃんにとって、お線香のにおいは、丸山先生の、においになった。そして、それは、また、

「〜ベンケイ　シクシク」

のにおいでもあり、

「天野屋利兵衛」

の、においでもあり、

「静か……」

の、においでもあった。

子供たちは、ベンケイも四十七士も、あんまり、よくは、わからなかったけど、それを、熱をこめて、子供たちに話す丸山先生を、小林先生とは、また違った意味で、尊敬《そんけい》し、親しく思っていた。それから、丸山先生の度の強い、とても厚いレンズの向こうの、小さい目と、大きい体に似合わない、やさしい声を、トットちゃんは、大好きだと思っていた。

お正月は、もう、そこまで来ていた。

マサオちゃーん

トットちゃんが、家から駅に行ったり、帰ったりする途中に、朝鮮《ちょうせん》の人が、住んでいる長屋《ながや》があった。トットちゃんには、もちろん、その人達が、朝鮮の人、ということは、わからなかった。ただ、わかっていることは、その中の一人の、おばさんが、髪の毛を、まん中からわけて、ひっつめに結《ゆ》っていて、少し肥《ふと》っていて、先のとがった、小さいボートみたいな白いゴムの靴に、長いスカートで、胸に大きく、リボンみたいのを結んだ洋服を着ていることと、いつも、大きな声で、

「マサオちゃーん！」

と、自分の子供を探していることだった。本当に、このおばさんは、いつも、いつも、マサオちゃんの名前を呼んでいた。それも、ふつうなら、

「マサオちゃん」

というふうに、「サ」と「オ」にアクセントが、くるんだけど、このおばさんは、

「マサオちゃーん」

と、「サ」だけが大きくなって、しかも、「ちゃーん」と、のばすところが、高い声になるので、それがトットちゃんには、悲しいみたいに聞こえた。

この長屋は、トットちゃんの乗る大井町線の線路に面していて、少し高く、ガケのようになっているところにあった。

マサオちゃんを、トットちゃんは知っていた。トットちゃんより、少し大きく、二年生くらいで、どこの学校に行っているのかは、わからなかったけど、モシャモシャの髪の毛をして、いつも犬を連れて、歩いていた。

あるとき、トットちゃんが、学校の帰りに、この小さいガケの下を通ったときだった。マサオちゃんが、そこに仁王立《におうだ》ちに立っていた。両手を腰にあてて、えらそうな恰好《かっこう》で、突然、トットちゃんに、大きい声で叫んだ。

「チョーセンジン！」

それは、とても憎《にく》しみのこもった、鋭《するど》い声で、トットちゃんは、こわかった。そして、なんにも話をしたことも、意地悪《いじわる》をしたこともない男の子が、なにか、憎しみをこめて、高いところから、自分に、そんなこと、いったことにも、びっくりした。

トットちゃんは、家に帰ると、ママに報告した。

「私のこと、マサオちゃんが、チョーセンジン！　といった」

ママは、トットちゃんの報告を聞くと、手を口にあてた。そして、みるみるうちに、ママの目に、涙《なみだ》が、いっぱいになった。トットちゃんは驚《おどろ》いた。なにか、とても悪いことなのかと思ったから。すると、ママは、鼻の頭を赤くして、涙をふきもしないで、こういった。

「かわいそうに……。きっとみんながマサオちゃんに、『朝鮮人！　朝鮮人！』というんでしょうね。だから、『朝鮮人！』というのは、人に対しての悪口《わるくち》の言葉だと思っているのね。マサオちゃんには、まだ、わからないのよ、小さいから。よく、みんなが、悪口をいうとき、『馬鹿《ばか》！』なんていうでしょう？　マサオちゃんは、そんなふうに、誰かに悪口をいいたかったので、いつも自分が、人からいわれているように、『チョーセンジン！』と、あなたに、いってみたんでしょう。なんて、みんなは、ひどいことをいうのかしらね……」

それから、ママは涙をふくと、トットちゃんに、ゆっくり、こういった。

「トットちゃんは、日本人で、マサオちゃんは、朝鮮という国の人なの。だけど、あなたも、マサオちゃんも、同じ子供なの。だから、絶対に、『あの人は日本人』とか、『あの人は朝鮮人』とか、そんなことで区別しないでね。マサオちゃんに、親切にしてあげるのよ。朝鮮の人だからって、それだけで、悪口いわれるなんて、なんて気の毒《どく》なんでしょう」

トットちゃんは、まだ、そういうことは、むずかしかったけど、少なくとも、あのマサオちゃんが、理由なく、人から悪口をいわれている子供だってことは、わかった。そして、だから、いつもお母さんが、マサオちゃんを心配して探しているのだろう、と考えた。だから次の朝、またガケの下を通ったとき、お母さんが、かん高い声

で、

「マサオちゃーん！」

と呼んでるのを聞きながら、

（マサオちゃんは、どこに行ったのかしら？）

と思い、

（私はチョーセンジンという人じゃないらしいけど、もし、マサオちゃんが、また私に、そういったら、『みんな同じ子供！』といって、お友達になろう）と考えていた。

それにしても、マサオちゃんのお母さんの声は、いらだたしい、という感じと、不安とがまざった、特別のひびきで、長く尾をひいていた。そして、それが、ときには、そばを通る電車の音に消されることもあった。でも、

「マサオちゃーん！」

それは、一度聞いたら、忘れられないくらい、寂《さび》しく、泣いているような声でも、あったのだった。

おさげ

トットちゃんの憧《あこが》れは、このところ、〝ふたつ〟あった。ひとつは、この前の、運動会のブルーマー。もうひとつは、三《み》つ編《あ》みの、おさげだった。電車の中で、大きいお姉さんの、おさげをみたとき、

（ああいう髪の毛の人になろう！）

と決めたのだった。

だから、みんなは短いオカッパ頭にしてたけど、トットちゃんは、横わけにして、少しだけリボンで結び、毛は長くたらしていた。それは、ママの趣味《しゅみ》でもあったけど、いつか、おさげにしよう、という気持ちが、トットちゃんにあったから。そして今日、とうとう、トットちゃんは、ママに、三つ編みの、おさげにしてもらったのだった。輪ゴムで先っちょを止め、細いリボンを結ぶと、もう上級生になったみたいで

うれしかった。鏡《かがみ》で、どんなにステキか、確かめると、（本当は、お姉さんたちにくらべると、毛も少なく、短くて、子豚《こぶた》のしっぽみたいだったんだけど）犬のロッキーのところに走っていって、大事そうに、つまんでみせた。ロッキーは、目を二回か三回、パチパチさせた。トットちゃんはいった。

「あんたの毛も、おさげにできたら、いいのにね」

それからトットちゃんは、「くずれるといけない！」と考えて、頭を動かさないようにして電車に乗った。もしかすると、電車の中で、

「あら、ステキな、おさげ‼」

なんて、誰《だれ》かがいってくれないかな？　などとも考えていたけど、誰もいってくれなかった。それでも学校につくと、同級生の、ミヨちゃんや、サッコちゃんや、青木恵子《けいこ》ちゃんが、

「わあ！　おさげにしてる！」

と一斉《いっせい》にいったので、とても満足《まんぞく》した。だから、みんなに、ちょっとずつ、三つ編みを、さわらしてあげたりもした。でも、男の子は、誰も、「わあ！」とは、いってくれないみたいだった。

ところが、お弁当の時間が終わったときだった。同級生の大栄《おおえ》君が、突然、

「あれえ？　トットちゃんの毛、いつもと違う！」

と大きい声でいった。トットちゃんは、（男の子も気がついた！）と、うれしくなって、得意そうに、

「そう。おさげ」

といった。すると大栄君は、トットちゃんのそばに来て、いきなり両手で、おさげをつかむと、

「ああ、今日は疲《つか》れたから、ぶら下がるのにちょうどいい。電車の、つり革《かわ》より、ラクチンだ！」

と歌うようにいったのだった。そして、トットちゃんの悲しみは、それだけでは終わらなかった。というのは、大栄君は、クラスの中でも、一番、体が大きくて肥っていた。だから、やせてて小さいトットちゃんの倍くらいあるようにみえた。その大栄君が、

「ラクチンだ！」

といって、後ろにひっぱったから、トットちゃんは、よろけて、尻《しり》もちをついてし

まったのだった。「つり革」なんていわれて傷《きず》ついて、しかも尻もちまでついたトットちゃんが、

「ワア‼」

と泣いたのは、次に、大栄君が、立たせてくれようとして、おさげを持ったまま、冗談《じょうだん》に、

「オーエス！　オーエス！」

といって、運動会の綱《つな》ひきみたいに、かけ声をかけて、ひっぱったときだった。トットちゃんにしてみれば、おさげは、「大人の女の人になった」という〝しるし〟のはずだった。だから、おさげをしているトットちゃんを見て、みんなが、

「おそれいりました」

といってくれるとさえ思っていたのに……。トットちゃんは、

「ワアー‼」

と泣くと、そのまま走って、校長室まで行った。

トットちゃんが泣きながら、ノックをすると、校長先生は、ドアを開けて、いつもみたいに、トットちゃんと同じ目の高さになるまで、体を低くして、聞いた。

「どうしたんだい？」

トットちゃんは、おさげが、まだ、ちゃんとそのままになっているかどうか、たしかめてから、

「大栄君が、これを引っぱって、オーエス！　オーエス！　といった」

といった。校長先生は、トットちゃんを見た。細くて短いおさげは、泣き顔と反対に、元気そうで、踊《おど》ってるみたいだった。先生は、椅子《いす》にかけ、トットちゃんを前の椅子にすわらせると、ふだんの通り、歯の抜けているのを気にしないでニコニコしていった。

「泣くなよ。君の髪は、ステキだよ」

トットちゃんは、涙でビショビショの顔をあげると、少し恥《は》ずかしそうに、いった。

「先生、これ好き？」

先生はいった。

「いいじゃないか」

このひとことで、トットちゃんの涙がとまった。トットちゃんは椅子から降りる

と、いった。

「もう、大栄君が、オーエス！　といっても、泣かない」

校長先生は、うなずいてから笑った。トットちゃんも笑った。笑い顔は、おさげに似合った。

トットちゃんは、おじぎをすると、運動場に走っていって、みんなと遊び始めた。

そして、トットちゃんが、泣いたことを、ほとんど忘れかけた頃《ころ》だった。大栄君が、頭をかきかき、トットちゃんの前に立って、少し間ののびした、大きい声で、こういった。

「ゴメン！　さっき、引っぱって。校長先生に叱《しか》られたよ。女の子には親切に、だって。女の子は大切に、やさしくしてあげなきゃ、いけないってサ！」

トットちゃんは、少しびっくりした。だって「女の子に親切にする」なんてこと、これまで、聞いたことがなかったから。偉《えら》いのはいつも男の子だった。トットちゃんの知っている、子供のいっぱいいる家でも、いつも、御飯でも、おやつでも、男の子から先だったし、何かその家の女の子が、いうと、お母さんが、

「女の子は、だまってらっしゃい」

といった。それなのに、校長先生は、「女の子を大切に」って大栄君にいったんだ。トットちゃんは不思議な気持ちがした。それから、うれしい気もした。誰だって、大切にされるのは、うれしいことだもの。

大栄君にとっても、この日のことは、強いショックだった。（女の子には、やさしく、親切に！）そして、これは、いつまでも忘れられない思い出になった。どうしてかって、いえば、大栄君がトモエにいた間、校長先生に叱られたのは、あとにも先にも、このときだけだったんだから。

サンキュー

冬休みになった。夏休みと違って、学校に集まることはなくて、みんな、家族と過ごすことになっていた。右田君は、

「おじいちゃんのいる九州で、お正月をするんだ！」

と、みんなにいいふらしていたし、化学の実験の好きな泰《たい》ちゃんは、

「お兄さんと、どっかの物理の研究所に見学に行くんだ」

と楽しみそうにしていた。みんなも、いろいろいいながら、

「またね、またね」

と、別れていった。

トットちゃんは、パパやママと、スキーだった。パパのお友達で、同じオーケストラのチェリストで指揮者の斎藤秀雄《さいとうひでお》さんが、とても上等のお家を、志賀高原《しがこうげん》に持っていた。そこに、毎年、冬に、お邪魔《じゃま》するようになっていたので、トットちゃんは、幼稚園の頃から、スキーを始めていた。

駅から馬《ば》そりに乗って志賀高原につくと、真っ白の雪の世界で、リフトとか、何にもなくて、すべる所には、ときどき、木の切り株なんかが、出っぱったりしていた。斎藤さんのお家みたいのが、志賀高原にない人の泊まるところは、旅館が一つと、ホテルが一つあるだけと、ママがいっていた。でも、面白いことに、とても外国の人が多かった。

それまでの年と今年とでトットちゃんが違うことは、一年生になったことと、英語

をひとつ、おぼえたことだった。パパから教《おそ》わったのだけど、それは、

「サンキュー」

というのだった。いつも雪の上にスキーをはいて、トットちゃんが立っていると、外国の人達が、そばを通りながら、みんなトットちゃんに、何かいう。きっと「可愛《かわい》い」とか、なんとか、そんなふうなことだったかも知れないけど、トットちゃんには、わからなかった。だから昨年までは、だまっていたけど、今年からは、そういうとき、頭だけ、ちょっと、さげて、

「サンキュー」

と、いちいち、いってみた。それを聞くと、外国の人達は、みんな、ますますニコニコして、ロ々に、何かいって、中には、トットちゃんのほっぺたに、自分のほっぺたをくっつける女の人や、ギューっと抱《だ》きしめる、おじさんなんかもいた。トットちゃんは、「サンキュー」だけで、みんなと、こんなに、お近づきになれるなんて、おもしろい、と思っていた。ある日、そんな中にいた、やさしそうな若い男の人が、トットちゃんに近づくと、

「自分のスキーの、前のところに、乗りませんか?」

というジェスチャーをした。パパに聞いたら、「いい」というので、トットちゃんは、

「サンキュー」

とその人にいった。その人は、自分の足もとのスキーの上にトットちゃんをしゃがませると、両方のスキーを揃《そろ》えたまま、志賀高原の、一番傾斜《けいしゃ》がゆっくりで、長いスロープを、まるで、風のように、すベり降りた。トットちゃんの耳のそばで、空気が、ビューンビューンと音をたてた。トットちゃんは、両手で膝《ひざ》をかかえて、前につんのめらないように、注意した。少しこわかったけど、とてもとても楽しいことだった。すべり終わると、見てた人が、拍手をした。トットちゃんは、スキーの先っちょから立ち上がると、みなさんに、頭を少し下げて、

「サンキュー」

といった。みんなは、ますます拍手をした。

この人が、シュナイダーという、世界でも有名なスキーの名人で、珍しい、銀《ぎん》のシュトックを、いつも持っている、なんてことがわかったのは、あとになってからのことだった。トットちゃんがこの人を好きだ、と思ったのは、すべり終わって、トット

ちゃんが、みんなから拍手されたあと、この人が、腰をかがめ、トットちゃんの手を取って、とても、トットちゃんを大切な人のように見てから、

「サンキュー」

といったときだった。その人は、トットちゃんを、「子供」という風《ふう》じゃなく、ちゃんとした大人の女のひとのように、あつかってくれた。そして、その男の人が、腰をかがめたとき、それは、トットちゃんが、心の底から、その人の優《やさ》しさを感じるような、そんな姿だった。そして、その人のうしろには、真っ白な世界が、どこまでも、どこまでも、続いていた。

図《と》書《しょ》室《しつ》

冬休みが終わって、学校に集まった生徒たちは、休みの間に、素晴《すば》らしい事が起こっていたのを発見して叫び声をあげた。

それは、みんなの教室用の電車が並んでいるのと反対側《がわ》に……つまり講堂《こうどう》をはさんだむこうの花壇《かだん》のわきに、もう一台、電車が来ていたんだけど、それが、冬休みの間に、図書室になっていたからだった。そして、何でも出来ちゃって、みんなが尊敬《そんけい》している小使いのおじさんの良《りょう》ちゃんが、よほど頑張《がんば》ってくれたとみえて、電車の中には、たくさんの棚《たな》が出来ていて、いろんな字や色の本が、ズラリと並んでいた。そして、そこで本が読めるように、机や椅子《いす》も並んでいた。

校長先生は、いった。

「これは、君達の図書室だよ。ここにある本は、誰でも、どれでも読んでいい。『何年生だから、どの本』とか、そういう事は考えることはないし、いつでも、好きなときに、図書室に入ってかまわない。借りたい本があったら、家に持って帰って読んでいい。そのかわり、読んだら、返しとけよ。家にあるので、みんなに読ませたい本があったら持って来てくれるのも、先生は、うれしいよ。とにかく、本をたくさん、読んでください」

みんなは、口々に先生にいった。

「ねえ、今日の一時間目は、図書室にしよう!!」

からいった。

「そうかい」

と、校長先生は、みんなが興奮《こうふん》しているのを見て、ちょっと、うれしそうに笑って
から、いった。

「じゃ、そうしようじゃないか」

そこで、トモエの生徒、全員、五十人が一台の電車に乗りこんだ。みんなが大さわぎで、それぞれ本を選んだあと、椅子にすわろうとしたけど、すわれたのは半分くらいで、あとは立ったままだった。だから、本当に、それは、満員電車の中で、立ったまま本を読んでるような光景で、見てるだけでも、おかしかった。でも、みんな、もう、うれしくて、たまらなかった。

トットちゃんは、まだ、字は、そんなにたくさん読めなかったから、「面白そうな絵」の入ってる本を読むことにした。

みんなが本を手にして、ページをめくり始めると、ちょっと静かになった。でも、それは、ほんのちょっとの間で、そのうち、あっちでも、こっちでも、読みあげる声だの、わからない字を誰かに聞く声だの、本を取りかえっこしようとしてる声だの、笑い声で、いっぱいになった。中には、〝歌いながら絵を描く本〟というのを読み始

めたために、大きい声で、

〽マールコテン　マールコテン
タテタテ　ヨコヨコ
丸かいて　チョン
マール子さん
毛が三本　毛が三本　毛が三本
あっという間に　おかみさん

なんて、大きい声で歌いながら、まるまげを結《ゆ》った、おかみさんの絵を描いてる子もいた。毎日、自分の好きな科目から勉強してよくて、『〝人の声がうるさいと、自分の勉強が出来ない〟というようじゃ困る。どんなに、まわりが、うるさくても、すぐ集中できるように！』という風《ふう》に教育されてるトモエの子にとっては、この〽マールコテンも別に気にならず、一緒に同調して歌ってる子もいたけれど、みんな自分の本に、熱中していた。

トットちゃんのは、民話《みんわ》の本みたいのだったけど、「おなら」をするので、お嫁《よめ》に行けないお金持ちの娘が、やっと、お嫁に行けたので、うれしくなって、結婚式の晩、いつもより、もっと大きい、おならをしたので、寝ていたオムコさんが、その風《かぜ》で、部屋を七まわり半して、気絶《きぜつ》する、というような話だった。「面白そうな絵」というのは、男の人が、部屋の中を飛んでいるところだった。(この本は、あとで、みんなの引っぱりダコになった)

とにかく、全校生徒が、ギュウヅメでも、電車の窓から射《さ》しこむ朝の光の中で、一生懸命《いっしょうけんめい》、本を読んでる姿は、校長先生にとって、うれしいことに違いなかった。

結局、その日は、一日中、みんな図書室で過ごすことになった。

そして、それからは、雨で外に出られないときとか、いろんなとき、この図書室は、みんなの集会所にもなった。

そして、ある日、校長先生は、いった。

「そのうち、図書室の近くに便所を作ろうな」

なぜなら、みんな、ギリギリまで我慢《がまん》して本を読むので、誰もが、すごい恰好《かっこう》で、講堂のむこうのトイレまで、走って行くからだった。

しっぽ

今日の午後のことだった。放課後《ほうかご》、家に帰ろうと支度《したく》をしてるトットちゃんのところに、大栄《おおえ》君が、走って来て、声をひそめて、いった。

「校長先生が、怒《おこ》ってる」

「どこで？」

と、トットちゃんは聞いた。だって、校長先生が怒るなんて、それまで知らなかったから、とっても、びっくりしたからだった。大栄君は、大いそぎで走って来たのと、おどろいたらしいので、人の良さそうな目を、まんまるにして、それから、少し鼻《はな》をふくらませて、いった。

「校長先生の家の台所のところ」

「行こう！」

トットちゃんは、大栄君の手をつかむと、先生の家の台所のほうに向かって走り出した。校長先生の家は、講堂の横から続いていて、お台所は、校庭の裏口に近いところにあった。いつかトットちゃんが、トイレの汲《く》み取り口に飛びこんだとき、すっかり、綺麗《きれい》に洗っていただいたのも、この、お台所から入った、お風呂場のところだったし、お弁当のときの「海のもの」と「山のもの」の、おかずが出来るのも、この、お台所だった。

そーっと、二人が足をしのばせて、近づくと、閉まってる戸の中から、本当に、校長先生の怒ってるらしい声がした。その声は、いった。

「どうして、あなたは、そんなに、気軽《きがる》に、高橋君に、『しっぽがある』なんて、いったんですか！」

その怒ってる声に、トットちゃん達の受け持ちの女の先生の、答えるのが聞こえた。

「そんな深い意味じゃなく、私は、高橋君が目に入って、可愛いと思ったので、いっただけなんです」

「それが、どんなに深い意味があるか、あなたには、わかってもらえないんですか。

僕《ぼく》が、どんなに、高橋君に対しても、気を配《くば》っているか、あなたに、どうしたら、わかってもらえるんだろうか！」

トットちゃんは、今日の朝の授業の時のことを思い出した。今朝《けさ》、この受け持ちの先生は、

「昔、人間には、しっぽが、あった」

という話をしてくれたのだった。これは、とても、楽しい話で、みんな、気に入った。大人の言葉でいえば、進化論《しんかろん》の初歩の話、という事になるのだろうけど、とにかく、とても珍しい事で、特に、先生が、

「だから、今でも、みんなに、ビテイコツ、というのが、残っているんです」

といったときは、トットちゃんを始めとしてみんな、お互いに、どれが、ビテイコツか、で、教室は、大さわぎになった。そして、その話の最後のとき、その先生が、冗談《じょうだん》に、

「まだ、しっぽの残ってる人も、いるかな？　高橋君は、あるんじゃないの？」

といったのだった。高橋君は、いそいで立ち上がると、小さい手を振って、真剣に、

「ありません」

といった。そのときのことを、校長先生が怒っているのだ、と、トットちゃんには、わかった。

校長先生の声は、怒ってる、というより、悲しそうな声に変わっていた。

「あなたは、高橋君が、あなたに、しっぽがある、といわれて、どんな気がするだろうか、と考えてみたんですか？」

女の先生の、返事は聞こえなかった。トットちゃんには、どうして、校長先生が、こんなに、この、しっぽのことで、怒るのか、わからない、と思った。（もし、私が、先生から、しっぽがあるの？　と聞かれたら、うれしくなっちゃうのにな）

確かに、そうだった。トットちゃんは、体には、なんの障害《しょうがい》もなかった。だから、「しっぽがあるか？」と聞かれても、平気だった。でも、高橋君は、背が、のびない体質で、自分でも、もう、それを知っていた。だから、校長先生は、運動会でも、高橋君が勝つような競技を考えたり、体の障害《しょうがい》という羞恥心《しゅうちしん》を無くすために、みんな海水着なしで、プールに一緒に入るように考えたり、とにかく、高橋君や、泰明《やすあき》ちゃんや、その他、肉体的な障害のある子から、そのコンプレックスや、「他の子より、劣《おと》ってる」という考えを取るために、出来るだけの事を、していたし、事実、みんな、コンプレックスを持っていなかった。それなのに、いくら、可愛《かわ》いく見えたからといって、よりによって高橋君に、「しっぽがあるんじゃない？」というような不用意な発言は、校長先生には、考えられないことだった。これは偶然、朝の授業を、校長先生が、うしろで参観《さんかん》して、わかったことだった。

女の先生が、涙声《なみだごえ》で、こういうのが、トットちゃんに聞こえた。

「本当に、私が、間違《まちが》ってました。高橋君に、なんて、あやまったら、いいんでしょう……」

校長先生はだまっていた。そのとき、トットちゃんは、ガラス戸で見えない校長先生に（逢《あ》いたい）と、思った。わけは、わからないけど、校長先生は、本当に、私たちの、友達だと、いつもより、もっと強く感じたからだった。大栄君も同じ考えだったに、違いなかった。

校長先生が、他の先生のいる職員室じゃなく、台所で、受け持ちの先生に怒っていた事を、トットちゃんは、忘れなかった。（そこに、小林先生の、本当の教育者としての姿があったから……）という事は、トットちゃんには、わかっていなかったんだけど、なぜか、いつまでも、心に残る、先生の声だった。

春が……トットちゃんにとって、トモエでの、二度目の春が、もう、本当に、近くまで、来ていた。

二度目の春

校庭の木には、緑色の柔《やわ》らかな葉っぱが、どんどん生まれていた。花壇《かだん》の花も、咲くのに大忙しだった。クロッカスや、ラッパ水仙《ずいせん》、三色すみれなどが、次々と、トモエの生徒たちに、

「はじめまして」

をいった。チューリップも、背のびをするように茎《くき》をのばし、桜の蕾《つぼみ》は、まるで〝用意ドン‼〟の合図を待っているような恰好《かっこう》で、そよ風に揺られていた。

プールの横にある、小さくて四角いコンクリートの足洗い場に住んでいる金魚は、

黒の出目金をはじめ、みんな、それまで、じーっとしていたのが、のびのびと楽しそうに体を動かしていた。

なにもかもが、光って、新しく、生き生きと見える、この季節は、誰かが口に出していわなくても、もう、「春！」って、すぐわかった。

トットちゃんが、ママに連れられて、初めてトモエ学園に来た朝、地面から生《は》えてる校門に驚き、電車の教室を見て、飛び上がるほど、よろこび、校長先生である小林宗作氏を、「友達だ！」と決めてから、ちょうど、一年たち、トットちゃん達は、めでたく、ピカピカの二年生になったのだった。そして新しい一年生が、昔、トットちゃん達が、そうだったように、キョロキョロと学校に入って来た。

トットちゃんにとって、この一年は、本当に充実していて、毎朝が待ち切れない一年だった。チンドン屋さんを好きなことには、かわりはなかったけど、もっともっと、いろんな好きなことが、自分のまわりにある事を知った。前の学校で、「もてあましもの」として退学になったトットちゃんが、いまは、もっとも、トモエの生徒らしいように育っていた。

でも、「トモエの生徒らしい……」。これは、ある点、親にとっては、心配でもあった。校長先生に、すべての面で、子供をあずけ、信頼してるトットちゃんのパパとママですら、たまには、（大丈夫かな？）と思うことがあった。まして、小林先生の教育方針を半信半疑で見て、現在のことだけで、すべてを決めようとする親の中には、

（これ以上、子供をあずけておいては、大変‼）

と考えて、よその学校に転校させる手続きをする人もいた。でも、子供はトモエと別れたくなくて、泣いた。トットちゃんのクラスには、幸いなことに誰もいなかったけど、一つ上のクラスの男の子は、ころんだ時にできた、ひざ小僧《こぞう》の、かさぶたをブラブラさせながら、涙をポロポロこぼして、だまって校長先生の背中を、握りこぶしで、叩《たた》いていた。校長先生の目も、真っ赤だった。でも結局、その子は、お父さんとお母さんに連れられて、学校を出ていった。何度も何度も振り返りながら、手を振って、出ていった……。

でも、悲しいことは、それくらいで、またおどろきと、よろこびの毎日が来るに違いない二年生に、トットちゃんは、なったのだった。

ランドセルも、もう、すっかり、背中とお馴染《なじ》みになっていた。

白鳥《はくちょう》の湖《みずうみ》

トットちゃんは、日比谷公会堂に、バレエの〝白鳥の湖〟を見に連れていってもらった。それは、パパがヴァイオリンで〝白鳥の湖〟のソロを弾《ひ》くからと、とても、いいバレエ団が踊《おど》るからだった。トットちゃんにとって、バレエは初めてだった。白鳥のお姫さまは、キラキラ光る小さい冠《かんむり》を頭にかぶって、本当の白鳥のように、軽々と空中を飛んだ（ように、トットちゃんには見えた）。王子さまは、白鳥のお姫さまを好きになったから、そうじゃない女の人は、誰がなんといっても、

「要《い》りませーん！」

という風《ふう》に踊った。そして、最後に、やっとのことで、二人で仲良く踊った。音楽も、とても、とても気に入った。家に帰っても、トットちゃんは、ずーっと、このことを考え、感動していた。だから、次の日、目が覚《さ》めるとすぐ、モシャモシャの頭の

まま、台所で用事をしてるママのところに行って、いった。

「私、スパイと、チンドン屋さんと、駅の切符を売る人と、全部やめて、白鳥を踊るバレリーナになる」

ママは、おどろいた風《ふう》もなく、

「そう?」

といった。

トットちゃんにとって、バレエを見たのは初めてだけど、校長先生から、イサドラ・ダンカンという、素晴《すば》らしいダンスをするアメリカの女の人の話を、前から、よく聞いていた。ダンカンも、小林先生と同じように、ダルクローズの影響《えいきょう》をうけていた。尊敬する小林先生が好きだというダンカンを、トットちゃんは当然、認めていたし、(見た事がなくても)親しく感じていた。だから、トットちゃんにとって、踊る人になる、という事は、そう特別のことでもないように思えた。

折も折、ちょうど具合《ぐあい》のいいことに、その頃、トモエには、小林先生の友達で、リトミックを教えに来ている先生がいて、学校のすぐそばに、ダンスのスタジオを持っている、ということだった。ママは、その先生にお願いして、放課後、そのスタジオでレッスンを受けるように、取りはからってくれた。ママは、「何々をしなさい」とかは、決していわなかったけど、トットちゃんが、「何々をしたい」というと、「いいわよ」といって、別に、いろいろ聞かずに、子供では出来ない手つづきといった事を、かわりにやってくれるのだった。

トットちゃんは、一日も早く、白鳥の湖を踊る人になろうと、ワクワクして、そのスタジオに通った。ところが、その先生の教えかたは、かわっていた。トモエでやるリトミックの他に、ピアノやレコードの音楽に合わせて、「お山は晴天《せいてん》」とかいって、ぶらぶら歩いていて、突然先生が、

「ポーズ！」

というと、生徒は、いろんな形を自分で作って、その形で、静止《せいし》をするのだった。先生も、ポーズのときは、生徒と一緒に、「アハ！」というような声を出して、「天を仰《あお》ぐ恰好《かっこう》」とか、ときには、「苦しんでいる人」のように両手で頭をかかえて、うずくまったりした。

ところが、トットちゃんのイメージにあるのは、キラキラ光る冠《かんむり》と、白いフワフワした衣裳《いしょう》を着た白鳥であって、

「お山は晴天」

でも、

「アハ！」

でもなかった。

トットちゃんは、ある日、勇気を出すと、その先生のそばにいった。先生は男だけど、頭の毛の前髪《まえがみ》を、おかっぱのように切っていて、毛も少し、ちぢれていた。トットちゃんは、両手を大きく広げ、白鳥のように、ひらひらさせながらいった。

「こういうの、やんないの？」

鼻が高く、目も大きく、立派な顔の、その先生はいった。

「僕の家じゃ、そういうの、やんないの」

……それ以来《いらい》、トットちゃんは、この先生のスタジオに、だんだん行かなくなってしまった。たしかに、バレエの靴《くつ》もはかず、はだしで飛びまわって、自分の考えたポーズをするのも、トットちゃんは好きだった。でも、キラキラ光る小さい冠を、どうしても、かぶりたかったんだもの。

別れぎわに先生はいった。

「白鳥もいいけど、自分で創《つく》って踊るの、君、好きになって、くれないかなあ」

この先生が、実は、石井漠《ばく》という、日本の自由舞踊の創始者であり、この、小さい町に止まる東横線の駅に、

「自由が丘」

という名前をつけた人だ、などという事を知ったのは、大人になってからのことだった。それにしても、当時五十歳の、この石井漠は、小さいトットちゃんにも、心をこめて、

「自由に踊る楽しさ」

を教えてくれようとしたのだった。

畠《はたけ》の先生

「いいかい？　今日の先生だよ。なんでも教えてくださるからね」

校長先生は、こういって、一人の男の先生を、みんなに紹介《しょうかい》した。トットちゃんは、つくづくとその先生を観察した。なにしろ、その先生の恰好《かっこう》は、かわっていた。上着は縞《しま》のハンテンで、胸からは、メリヤスのシャツが、のぞいていて、ネクタイのかわりに、首には手拭《てぬぐ》いが、ぶら下がっていた。そして、ズボンは、紺《こん》の木綿《もめん》のパッチ風《ふう》の細いのだし、靴じゃなくて、地下足袋《じかたび》だった。おまけに、頭には、少し破れた麦わら帽子《ぼうし》をかぶっていた。

いまトットちゃん達が、どこにいるか、といえば、九品仏《くほんぶつ》の池のほとりだった。しばらく、その先生をジロジロ見ていたトットちゃんは、その先生に、見覚えがあることを発見した。

（えーと、えーと……）

顔色は陽焼《ひや》けして、真っ黒だった。そして、その顔に、しわはあるけど、やさしそうだった。腰にむすんであるベルトみたいな黒い紐《ひも》にぶら下げてあるキセルも、何か初めて見る感じじゃなかった……。

（わかった！）

トットちゃんは、思い出した。

「ねえ、先生って、いつも、あそこの川のそばの畠にいる、お百姓《ひゃくしょう》さんじゃないの？」

トットちゃんは、すっかり、うれしくなって、いった。すると、地下足袋の、その先生は、白い歯を見せ、顔中を、しわくちゃにして、笑っていった。

「そうだよ。みんな、九品仏のお寺に散歩に行くとき、家《うち》のそばを通るじゃねえの？いま、菜《な》の花が咲いてる、あすこの畠。あれが家のだから」

「わあ！　おじさんが、今日は先生なのか!?」

トットちゃん達は、すっかり興奮《こうふん》した。人の良さそうな、おじさんは手を振っていった。

「いやいや、私は先生なんかじゃなくて、百姓です。今日は、校長先生に頼まれたんでね」

校長先生は、お百姓さん先生の隣に並ぶと、いった。

「いや、これから、畠の作りかたを、あなたに教えてもらうのだから。畠の事については、あなたは先生です。パンの作りかたを習うときは、パン屋さんに先生になってもらうのと同じです。さあ、どんどん、子供たちに指図《さしず》して、始めてください」

きっと、ふつうの小学校では、生徒に、なにかを教える人には、「先生の資格」とか、いろいろ規則があるだろうけど、小林先生は、かまわなかった。子供たちに、「本物《ほんもの》」を見せる事が必要なのだし、それが、大切なことだ、と先生は考えていた。

「じゃ、始めっかな?」

畠の先生はいった。みんなの、立っている場所は、九品仏の池のまわりでも、特に静かなところにあり、木が池に影を落としているという、感じのいいところだった。校長先生は、すでに、スコップとか、くわ、とか、その他、畠に必要な道具をしまっておく物置《ものおき》にするために、ふつうの一台の半分の電車を、運んで来てあった。半分の電車は、小さい畠になる予定の土地の、丁度《ちょうど》まん中に、こぢんまりと、静かに置いてあった。

電車の中から、スコップとか、くわを運び出すように生徒にいうと、畠の先生は、まず草むしりから始めた。先生は雑草《ざっそう》について話した。「雑草が、どんなに丈夫《じょうぶ》なものか」という事や、「雑草によっては、作物《さくもつ》より、のびるのが、早いのがあって、おかげで作物に陽《ひ》があたらなくなってしまう」とか、「雑草は、悪い虫の、いい、かくれ場所だ」とか、「雑草は、土から栄養をとってしまうから困るのだ」とか、もう次から次と、教えてくれた。しかも、話しながら、手は休むことなく雑草を、ひきぬいた。みんなも同じようにやった。それから先生は、くわで耕《たがや》すこと、うねを作ること、大根などの、種《たね》のまきかた、肥料のやりかたなど、畠に必要なことを、実際に、やって見せてくれながら説明した。途中で、小さい蛇《へび》が頭を出して、上級生のタアーちゃんが、もう少しで手を噛《か》まれそうになったりもしたけど、畠の先生は、

「このあたりの蛇は毒《どく》もないし、こっちが、何かしなければ、あっちから噛みついてくる事もないのだから」

と安心させてくれたりもした。とにかく、畠の先生は、畠の作りかただけじゃなく、虫のこと、鳥のこと、蝶々《ちょうちょう》のこと、天気のこと、もう、いろんなことを、面白く話してくれた。節《ふし》くれだった先生の丈夫な手が、そういう話は、どれもこれも、畠の先生が体験し、自分で発見したのだ、という事を証明しているようだった。みんなは、汗びっしょりで、先生に手をとってもらって、遂《つい》に畠は完成した。どこから見ても……少しグニャグニャのうねはあったけど……完璧《かんぺき》な畠だった。

この日以来、トモエの生徒は、その、おじさんに逢うと、

「畠の先生！」

と、遠くからでも、尊敬《そんけい》をこめて、叫んだ。畠の先生は、自分の畠にあまった肥料《ひりょう》を、学校の畠に、少しまいといてくれる事もあった。みんなの畠は、順調に成長した。毎日、誰かが、見回りに出かけては、校長先生やみんなに、畠の様子《ようす》を報告した。「自分のまいた種から、芽《め》がでる」という事が、どんなに不思議であり、驚きであり、そして、よろこびであるかを、子供たちは、知った。みんな、何人か集まると、畠の成長について、話しあった。

世界の、いろいろなところで、少しずつ恐ろしい事が始まっていた。でも、この小さな畠について真剣に話し合ってる子供たちは、ありがたいことに、まだ、平和そのものの中に、いたのだった。

はんごうすいさん

トットちゃんは、放課後、学校を出ると、誰にも話しかけず、さよならもいわず

に、口の中でブツブツ何かをいいながら、急ぎ足で自由が丘の駅まで来た。まるで落語のようだけど、トットちゃんは、いま、

「トドロキケイコクハンゴウスイサン」

という難《むずか》しい言葉を、いい続けているのだった。だって、もし誰かが隣《となり》に来て、

「ジュゲムジュゲムゴコウのスリキレ」

なんていったら、途端《とたん》に忘れちゃうに決まっているし、「よいしょ」なんて水たまりを飛びこえたら、もう、わかんなくなっちゃうから、とにかく口の中で、くり返しているのが一番いいと考えたのだった。ありがたいことに、電車の中でも誰にも話しかけられず、なるたけ面白そうな事も見つけようとしなかったので、「あれ?」と思うことも起こらないで済《す》んで、家に帰る駅で、電車を降りた。でも駅を出るとき、顔なじみの駅のおじさんが、

「おかえり」

といったとき、もう少しで、

「ただいま」

といおうと思ったけど、いっちゃうと、そのあとから、

「ただいまスイサン」

なんて、なっちゃいそうだったんで、右手でバイバイをして、左手で口を押さえて、走って家まで帰ったのだった。

帰るなり、トットちゃんは、玄関《げんかん》でママに、凄《すご》い声で叫んだ。

「トドロキケイコクハンゴウスイサン！」

一瞬《いっしゅん》ママは、四十七士の討ち入りか、道場破りの真似《まね》かと思った。でも、すぐママには、わかった。

「等々力渓谷《とどろきけいこく》、飯盒炊爨《はんごうすいさん》！」

等々力というのは、トットちゃんの小学校のある自由が丘から三つ先の駅で、そこに、東京名所のひとつである、滝《たき》とか小川とか林の美しい〝等々力渓谷〟と呼ばれる所があり、そこで、御飯《ごはん》を炊《た》いて食べるのだ、と理解したのだった。

（それにしても）

とママは思った。

（こんな難《むずか》しい言葉を、よく憶《おぼ》えること。子供というのは、自分に興味《きょうみ》のある事なら、しっかり、憶えるものなのね）

トットちゃんは、やっと難しい言葉から解放されたので、次から次と、ママに話しかけた。今度の金曜に、朝、学校に集まって行く。持っていくものは、お茶碗《ちゃわん》と、おわんと、お箸《はし》と、お米を一合《いちごう》。

「一合っていうのは、お茶碗に、ちょうど、一杯くらいだって、そして、炊《た》くと、お茶碗二杯くらいになるんだって」

と忘れずに、つけ加えた。それから、豚汁《ぶたじる》を作るので、中に入れるお肉とか、お野《や》菜《さい》。それから、おやつも、少し持って行っていい。

その日から、トットちゃんは、台所で仕事をするママに、ぴったりくっついて、包《ほう》丁《ちょう》の使い方、おなべの持ち方、御飯のよそい方、などを研究した。ママが働いているのを見るのは、とても気持ちがよかったけど、中でもトットちゃんの気に入ったのは、ママが、おなべのフタなどを手に持って、

「あちちちち……」

なんていったとき、その手を、いそいで耳たぶに持っていくことだった。

「耳たぶが冷たいからよ」

とママは説明した。トットちゃんは、この動作《どうさ》が何よりも、大人っぽく、台所の専

門家がする事のように見えたから、

（私も、ああいう風《ふう》に、トドロキケイコクハンゴウスイサンのときには、やりましょう）

と決めた。

いよいよ、その日が来た。電車から降りて、みんなが、等々力渓谷に到着すると、林の中で、校長先生は生徒を見た。高い木の上から射《さ》し込む光の中で、子供たちの顔はピカピカと光って、可愛かった。どの子もリュックサックをふくらませて、校長先生のいう事を待っていた。生徒たちの、うしろには、有名な滝の、豊かな水が、力強く、そして美しいリズムを作っていた。先生はいった。

「いいかい。何人かでグループを作って、まず、先生たちが持って来たレンガを使って、カマドを作ろう。それから、手分けして、川でお米を洗って、火にかけたら、あとは豚汁だ。さあ、始めようか！」

生徒たちは、ジャンケンとか、いろんな方法で、グループに分かれた。全校生徒で五十人たらずなのだから、六つくらいのグループが、すぐ出来た。穴を掘《ほ》って、レンガを、かこいのように積む。その上に鉄の細いさんのようなものを乗せて、おなべと

飯盒《はんごう》をのせる台を作る。誰かさん達は、その間に、林の中で、たくさん、落ちているたきぎを拾《ひろ》って来る。それから、川にお米をとぎに行く子。いろんな役目を自分達で作って分担《ぶんたん》した。トットちゃんは、自分で推薦《すいせん》して、お野菜を切る、「豚汁のかかり」になった。もう一人、トットちゃんより二年上の男の子も野菜を切る役目だったけど、この子がやると、凄《すご》く大きいのや小さいのや、目茶苦茶《めちゃくちゃ》な形になった。でも、その男の子は、鼻の頭に汗をいっぱいかいて、格闘《かくとう》していた。トットちゃんは、みんなの持ってきた、おなすや、じゃがいも、お葱《ねぎ》、ごぼうなどを、ママがするように、上手《じょうず》に、たべやすい大きさに切った。それから思いついて、キューリとおなすを薄《うす》く切って、お塩でもんで、御丁寧《ごていねい》に、おつけものまで作った。そして、ときどき、格闘してる上級生に、「こうやれば？」なんて教えたりもした。だから、なんとなく、もう、お母さんに、なったような気さえした。みんなは、トットちゃんの、おつけものに感心した。トットちゃんは、両手を腰にあてて、謙遜《けんそん》した風《ふう》にいった。

「ちょっと、やってみただけよ」

豚汁の味つけは、みんなの意見で決める事にした。どのグループからも、「キャア！」とか、「わあーい」とか「いやだあー」とか、笑う声がしていた。林の中の、いろんな鳥たちも、一緒に大騒ぎをしているように、さえずっていた。そのうちに、どの、おなべからも、いいにおいがしてきた。これまで、ほとんどの子は、自分の家で、おなべをじーっと見つめたり、火加減《ひかげん》を自分でするっていう事はなく、たいがい、テーブルに出されたものを食べるのに馴《な》れていた。だから、こんな風《ふう》に自分たちで作る、という事の楽しさと、同時に、大変さと、それから食べものが出来るまでの、さまざまな、ものの変化などを知ったのは、大発見だった。いよいよ、どのカマドも完成した。校長先生は、草の上に、まるくなって座るように、場所を作ろう、といった。おなべや、飯盒が、それぞれのグループの前に運ばれた。でも、トットちゃんのグループは、トットちゃんが絶対にしようと決めていた、あの動作……、おなべのふたを取って、

「あちちち……」

をするまで、出来上がりを運ぶのを待たなければならなかった。そして、トットちゃんが、少し、わざとらしく、

「あちちち……」

といって、両手の指を両耳たぶにつけて、それから、

「いいわよ」

といったので、なんだかわからないけど、運んだのだった。この耳たぶの動作を、誰も「ステキ」とはいってくれなかったけど、トットちゃんは、もう満足《まんぞく》していた。

みんなは、自分の前のお茶碗と、おわんの中の湯気《ゆげ》の立っているものを、見つめた。お腹も空《す》いていたし、第一に、自分たちで作ったお料理なんだから。

〽よーく　噛めよ　たべものを……の歌に続いて、「いただきまーす」といったあと、林の中は、急に静かになった。滝の音だけになった。

「本当は、いい子なんだよ」

校長先生は、トットちゃんを見かけると、いつも、いった。

「君は、本当は、いい子なんだよ！」

そのたびにトットちゃんは、ニッコリして、とびはねながら答えた。

「そうです、私は、いい子です！」

そして、自分でもいい子だと思っていた。

たしかにトットちゃんは、いい子のところもたくさんあった。みんなに親切だったし、特に肉体的なハンディキャップがあるために、よその学校の子にいじめられたりする友達のためには、他の学校の生徒に、むしゃぶりついていって、自分が泣かされても、そういう子の力になろうとしたし、怪我《けが》をした動物を見つけると、必死で看《かん》病《びょう》もした。でも同時に、珍《めずら》しいものや、興味のある事を見つけたときには、その自分の好奇心を満《み》たすために、先生たちが、びっくりするような事件を、いくつも起こしていた。

例《たと》えば、朝礼で行進をするときに、頭の毛を二本のおさげにして、それぞれの尻《し》っぽを、後《うし》ろから、両方の、わきの下から出し、腕《うで》で、はさんで、見せびらかして歩いてみたり、お掃除《そうじ》の当番のとき、電車の教室の床《ゆか》のフタを上げて……それはモーターの点検用の上げブタだったんだけど、それを目ざとく見つけて持ち上げて……、ゴミを捨てて、いざ閉《し》めようとしたら、もう閉まらないので、大さわぎになったり。また、ある日は、誰かから、牛肉は大きな肉の固まりが、鉤《かぎ》からぶら下がってると聞くと、朝から一番たかい鉄棒に片手だけで、ぶら下がって、いつまでも、そのままでいる。女の先生が、「どうしたの?」と聞くと、「私は今日、牛肉!」と叫び、とたんに落ちて、「ウッ!」といったまま、一日中、声が出なくなったり。お昼休み、学校の裏《うら》をブラブラ歩いていて、道に新聞紙がひろげて置いてあるので、とてもうれしくなって、遠くから、はずみをつけて、凄《すご》い、いきおいで走って来て、その新聞紙に、とび乗ったら、それは清掃の人が、トイレの汲《く》み取り口をどかして、におうといけないので、のせてあっただけだから、そのまま、汲み取り口に、ズボ! っと、胸まで、つかってしまったり……。そんな風《ふう》に、自分自身が、痛い目にあう事も、しょっちゅうだった。でも校長先生は、そういう事件が起きたときに、絶対に、パパやママを呼び出すことはなかった。他の生徒でも同じことだった。いつも、それは、校長先生と、生徒との間で解決した。初めて学校に来た日に、トットちゃんの話を、四時間も聞いてくれたように、校長先生は、事件を起こした、どの生徒の話も、聞いてくれた。その上、いいわけだって、聞いてくれた。そして、本当に、「その子のした事が悪い」とき、そして、「その子が自分で悪い」と納得《なっとく》したとき、

「あやまりなさい」

といった。でも、おそらく、トットちゃんに関しては、苦情《くじょう》や心配の声が、生徒の父兄や、他の先生たちから、校長先生の耳にとどいているに違いなかった。だから校長先生は、トットちゃんに、機会あるごとに、

「君は、本当は、いい子なんだよ」

といった。その言葉を、もし、よく気をつけて大人が聞けば、この「本当は」に、とても大きな意味があるのに、気がついたはずだった。

「いい子じゃないと、君は、人に思われているところが、いろいろあるけど、君の本当の性格は、悪くなくて、いいところがあって、校長先生には、それが、よくわかっているんだよ」

　校長の小林先生は、こう、トットちゃんに伝えたかったに違いなかった。残念だけど、トットちゃんが、この本当の意味がわかったのは、何十年も、経《た》ってからのことだった。でも、本当の意味は、わからなくても、トットちゃんの心の中に、「私は、いい子なんだ」という自信をつけてくれたのは、事実だった。だって、いつも、なにかをやるとき、この先生の言葉を思い出していたんだから。ただ、やったあとで、「あれ?・」と思うことは、ときどき、あったんだけど。

そして、トットちゃんの一生を決定したのかも知れないくらい、大切な、この言葉を、トットちゃんが、トモエにいる間じゅう、小林先生は、いい続けてくれたのだった。

「トットちゃん、君は、本当は、いい子なんだよ」って。

お嫁《よめ》さん

今日、トットちゃんは、悲しかった。

もう、トットちゃんは、三年生になっていて、同級生の泰《たい》ちゃんを、とても好きだと思っていた。頭がよくて、物理が出来た。英語を勉強していて、最初に「キツネ」という英語を教えてくれたのも、泰ちゃんだった。

「トットちゃん、キツネは、フォックスだよ」

（フォックスかあ……）

その日、トットちゃんは、一日、〃フォックス〃という響《ひび》きに、ひたったくらいだった。だから、毎朝、電車の教室に行くと、最初にする事は、泰ちゃんの筆箱《ふでばこ》の中の鉛筆《えんぴつ》を、全部ナイフで、きれいに、けずってあげる事だった。自分の鉛筆ときたら、歯でむしりとって、使っているというのに。

ところが、今日、その泰ちゃんが、トットちゃんを呼びとめた。そのとき、トットちゃんは、昼休みなので、プラプラと講堂の裏の、例のトイレの汲み取り口のあたりを散歩してたんだけど、

「トットちゃん！」

という泰ちゃんの声が、怒ってるみたいなので、びっくりして立ち止まった。泰ちゃんは、一息つくと、いった。

「大きくなって、君がどんなに頼《たの》んでも、僕《ぼく》のお嫁さんには、してあげないからね！」

それだけいうと、泰ちゃんは、下をむいたまま、歩いて行ってしまった。トットちゃんは、ポカンとして、その泰ちゃんの頭が……脳味噌《のうみそ》が、いっぱいつまっている、自分の尊敬してる頭、仮分数《かぶんすう》、という仇名《あだな》の頭が……見えなくなるまで見ていた。

トットちゃんは、ポケットに手をつっこんだまま考えた。思いあたる事は、ないように思えた。仕方なく、トットちゃんは、同級生のミヨちゃんに相談した。ミヨちゃんは、トットちゃんの話を聞くと、大人っぽい口調《くちょう》で、こういった。

「そりゃ、そうよ。だって、トットちゃん、今日、おすもうの時間に、泰ちゃんのこと、投げとばしたじゃないの。泰ちゃんは、頭が重いから、ずーっと、土俵の外に、すっとんだんだもの。そりゃ、怒るわよ」

トットちゃんは、心の底から後悔《こうかい》した。(そうだった)、毎日、鉛筆をけずってあげるくらい好きな人を、なんで、おすもうの時間に、すっかり忘れて、投げとばしちゃったんだろう……。でも、もう遅かった。トットちゃんが、泰ちゃんのお嫁さんになれない事は、決まってしまった。

(でも、明日から、やっぱり、鉛筆は、けずってあげよう)

だって、好きなんだもの。

ボロ学校

トットちゃんの前の学校のときも、そうだったけど、小学生が、「はやし歌」を、声を揃《そろ》えて歌うのが、はやっていた。例えば、トットちゃんが、退学になった、その前の学校では、放課後、学校の門を出てから、自分たちの校舎を振り返りながら、生徒たちは、こう歌った。

「赤松《あかまつ》学校、ボロ学校！　入ってみたら、いい学校！」

そして、このとき、たまたま、よその学校の子が通りかかったりすると、その、よその子は、赤松小学校のほうを指さしながら、こう大声で、けなした。

「赤松学校、いい学校！　入ってみたら、ボロ学校！　わーい‼」

どうやら、建物《たてもの》が、新しいとか、古いとかいう、見たところで、「ボロ」か、どうか決めるんだけど、やはり大切なのは、「入ってみたら……」のところで、子供とはいっても、学校は、建物より、内容で、「入ってみたら、いい学校！」のほうが、「いい」という真実をついてるところも、この歌には、あった。この「はやし歌」は、もちろん、一人のときは、歌わなくて、五人とか六人とか、人数の多いときに、やるのだった。

さて、今日の午後のことだった。トモエの生徒は、みんな放課後、思い思いのことをして、遊んでいた。みんなが決めた呼びかた、〝追い出しのベル〟という最終的なベルが鳴るまで、好きな事をしていて、いいのだった。校長先生は、子供に、自分の好きなことをさせる自由時間が、とても大切と考えていたから、放課後の、この時間は、ふつうの小学校より、少し長めに、とっていた。

校庭でボール遊びをする子、鉄棒や、お砂場で、ドロンコになっている子、花壇《かだん》の手入れをする子もいたし、ポーチ風《ふう》の小さい階段に腰をかけて、おしゃべりしてる上級生の女の子もいた。それから、木のぼりの子もいた。みんな勝手にやっていた。中には、泰《たい》ちゃんのように、教室に残って、物理というか、化学の続きのフラスコを、ブクブクさせたり、試験管などを、あれこれテストしたりしてる子もいたし、図書室で、本を読んでいる子だの、動物好きの天寺《あまでら》君のように、ひろって来た猫を、ひっくり返したり、耳の中を、のぞきこんで研究してる子もいた。とにかく、みんな、楽しんでいた。

そんなとき、突然、学校の外から、大きな、「はやし歌」が聞こえた。

「トモエ学園、ボロ学校！　入ってみても、ボロ学校！」

（これは、ひどい！）

と、トットちゃんは思った。ちょうどそのとき、トットちゃんは、校門の（といっても、根っこのある、葉《は》っぱが生えてる木なんだけど）その、そばにいたから、その歌は、よく聞こえた。

（ひどすぎる。どっちも、「ボロ」なんて！）

他の子も、そう思ったから、門のほうに走って来た。そうすると、その、よその学校の男の子たちは、

「ボロ学校！　ワーイ‼」

と叫びながら、逃げ始めた。トットちゃんは、とっても憤慨《ふんがい》した。だから、その気持ちを、静めるために、その男の子たちを追いかけた。たった一人で。でも、その子たちは、とても足が早くて、「あっ！」という間に、横丁をまがって、見えなくなっ

てしまった。トットちゃんは、残念に思いながら、ブラブラ歩きながら、学校のほうに、もどって来た。

　このとき、なんとなく、自分の口から歌が出た。それは、こうだった。

「トモエ学園、いい学校！」

　それから、二歩くらい歩くと、つづきが出た。「入ってみても、いい学校！」

　トットちゃんは、この歌に、満足した。だから、学校にもどると、わざと、よその学校の子みたいに、垣根から、頭をつっこんで、大声で、歌った。みんなに聞こえるように。

「トモエ学園、いい学校！　入ってみても、いい学校！」

　校庭のみんなは、はじめは、わけがわからないらしく、シーンとしたけど、それが、トットちゃんとわかると、みんなも面白がって、外に出て来て、一緒に、はやし始めた。そして、とうとう、みんなは、肩をくんだり、手をつないだりしながら、列になって、学校のまわりを、まわり始めた。まわりながら、みんな声を揃《そろ》えて歌った。本当は、声よりも、心が揃っていたんだけど、そんな事には、気がつかないで、ただ面白くて、楽しいから、みんな、何度も、何度も、グルグルグル学校のまわりを、行進しながら歌ったのだった。

「トモエ学園、いい学校！　入ってみても、いい学校！」

校長室の校長先生が、どんなに、うれしい思いで、この歌を、耳を澄《す》ませて聞いていたか、生徒は、もちろん、知らなかった。

どの教育者もそうであるように、特に、本当に、子供のことを考えている教育者にとっては、毎日が、なやみの連続に違いなかった。まして、このトモエ学園のように、なにから、なにまで、かわっている学校が、異《こと》なる教育方針をもっている人達から、非難を、うけないはずはなかった。そんな中の、この生徒たちの合唱は、校長先生にとって、なによりの、贈《おく》りものだった。

そして、子供たちは、飽《あ》きもしないで、いつまでも、いつまでも、くり返し、歌うのだった。

その日は、いつもより、〝追い出しのベル〟は、おそく、鳴った。

リボン

　お弁当が終わって、お昼休みになったときだった。トットちゃんが、スキップしながら、講堂を横切《よこぎ》ろう、としたところで、校長先生に逢《あ》った。逢った、といっても、さっき一緒に、お弁当をたべたばっかりだったんだけど、とにかく、トットちゃんと、反対のほうから、先生が来たから、逢った、という形になった。校長先生は、トットちゃんを見ると、いった。

「ちょうど、よかった。君に聞きたい、と思ってた事があったんだ」

「なあに？」

　と、トットちゃんは、なにか、先生に教えてあげる事があるなんて、うれしい、と思って聞いた。先生は、トットちゃんの頭のリボンを見て、いった。

「君の、そのリボン、どこで手に入れたんだい？」

それを聞いたときの、トットちゃんの、うれしそうな顔といったらなかった。だって、それは、昨日から結んでいるんだけど、トットちゃんが見つけた、掘《ほ》り出《だ》しものだったからだった。トットちゃんは、そのリボンを、先生に、もっと、よく見えるように近づけると、得意《とくい》そうな声で、

「おばちゃまの、昔の袴《はかま》に、ついていた。箪笥《たんす》にしまうとき、見つけて、いただいたの。おばちゃまは、『トットちゃんの目は、早いのね』といった」

と報告した。先生は、トットちゃんの話を聞くと、

「そうか。なるほど」

と、考えるように、いった。

トットちゃん御自慢《ごじまん》のリボンは、このあいだ、パパの妹さんの家に遊びに行ったときのことなんだけど、運よく、虫干《むしぼ》しで、いろんな着物と一緒に、おばちゃまが、女学生の頃、着てた紫色《むらさきいろ》の袴《はかま》も、出していたのだった。そして、それを取りこむとき、トットちゃんは、チラリ、と、いいものを見ちゃったのだった。

「あれー!! いまの、なあに?」

おばちゃまは、その声に手を止めた。その、いいもの、というのが、このリボン

で、それは、袴《はかま》の後ろの部分、ウエストの上あたりの、固くなってる山型の部分に、ついていたのだった。おばちゃまは、

「後ろから見える、おしゃれね。ここに、手で編《あ》んだレースをくっつけたり、幅の広いリボンを縫《ぬ》いつけて、大きく蝶々《ちょうちょう》のように結んだりするのが、あの頃の流行《はやり》だったのよ」

と話してくれた。そして、その話を聞きながら、いかにも欲《ほ》しそうに、そのリボンを、ずーっと、なでたり、さわったりしてるトットちゃんを見て、

「あげましょう。もう、着ないのだから」

といって、はさみで縫いつけてある糸を切って、そのリボンをはずして、トットちゃんにくださった、というのが、いきさつだった。本当に、そのリボンは、美しかった。上等の絹《きぬ》で、バラの花や、いろんな模様《もよう》が、織りこんである、絵のような、リボンだった。幅《はば》が広くてタフタのように張りがあるから、結ぶと、トットちゃんの頭と同じくらいに大きくなった。「外国製」だと、おばちゃまは、いった。

　トットちゃんは、話をしながら、時々、頭をゆすっては、サヤサヤ、というリボンの、すれる音も、先生に聞かせてあげた。話を聞くと、先生は、少し困ったような顔

でいった。

「そうか。昨日、ミヨが、トットちゃんのみたいなリボンが欲しい、っていうから、ずーっと、自由が丘のリボン屋さんで探したんだけど、ないんだね。そうか、外国のものなんだなあ……」

それは、校長先生、というより、娘に、ねだられて、困っている父親の顔だった。

それから、先生は、トットちゃんに、いった。

「トットちゃん、そのリボン、ミヨが、うるさいから、学校に来るとき、つけないで来てくれると、ありがたいんだけどな。悪いかい、こんなこと、たのんじゃ」

トットちゃんは、腕を組んで、立ったまま、考えた。そして、わりと、すぐ、いった。

「いいよ。明日から、つけて来ない」

先生は、いった。

「そうかい。ありがとう」

トットちゃんは、少しは残念だったけど、（校長先生が困ってるんだもの、いいや）と、すぐ決めたのだった。それと、決心した、もう一つの理由は、大人の男の人が…

……しかも自分の大好きな校長先生が……リボン屋さんで一生懸命、探してる姿を想像したら、可哀《かわい》そうになったからだった。本当に、トモエでは、こんな風《ふう》に、年齢と関係なく、お互いの困難を、わかりあい、助けあうことが、いつのまにか、ふつうの事になっていた。

次の朝、学校に出かけたあと、トットちゃんの部屋にお掃除《そうじ》に入ったママは、トットちゃんの大切にしてる、大きな熊《くま》のぬいぐるみの首に、あのリボンが結んであるのを、見つけた。ママは、どうして、あんなに喜《よろこ》んで結んでたリボンを、トットちゃんが急にやめたのか、不思議に思った。リボンをつけたグレーの熊は、急に派手《はで》になって、恐縮《きょうしゅく》してるように、ママには、見えた。

お見《み》舞《ま》い

トットちゃんは、今日、生まれて初めて、戦争で怪我《けが》をした兵隊さんのたくさんいる病院に行った。一緒に三十人くらいの小学生が行ったけど、みんな、いろいろの学校から集まって来た知らない子たちだった。いつの頃からか、国の命令によるもののようだったけど、一つの小学校から、二人とか三人、トモエのように人数の少ない学校は一人とか、そんな風《ふう》に、お見舞いに行く子が決まると、三十人くらいのグループにまとめて、どこかの学校の先生が引率《いんそつ》して、兵隊さんの入っている病院に行く、というようなことが、少しずつ始まっていた。そして、今日は、トモエからは、トットちゃんだった。引率の先生は、めがねをかけて、やせた、どこかの学校の女の先生だった。その先生に連《つ》れられて、病院の部屋に入ると、白い寝巻《ねま》きを着た兵隊さんが、十五人くらい、ベッドの中にいたり、起き上がったりして、むかえてくれた。怪我してるって、どんなのかと、トットちゃんは心配してたけど、みんながニコニコしたり、手を振ったり、元気なので安心した。でも、頭に包帯《ほうたい》してる兵隊さんもいた。女の先生は、部屋の、だいたい、まん中へんに子供を、まとめると、まず、兵隊さんに、

「お見舞いに参《まい》りました」

と、あいさつをした。みんなも、おじぎをした。先生は続けて、

「今日は、五月五日で、端午《たんご》のお節句《せっく》ですので、『鯉《こい》のぼりの歌』を歌いましょう」

といって、早速《さっそく》、手を指揮者《しきしゃ》のように、高くあげ、子供たちに、

「さあ、いいですか？　三！　四！」

というと、元気に、手をふりおろした。顔見知りじゃない子供たちも、みんな、大きな声で、一斉《いっせい》に歌い始めた。

〽いらかの波と　雲の波……

ところが、トットちゃんは、この歌を知らなかった。トモエでは、こういう歌を、教えていなかったから。トットちゃんは、そのとき、優《やさ》しそうで、ベッドの上に正座《せいざ》してる兵隊さんのベッドのはじに、人なつっこく腰をかけて、「困ったな」と思いながら、みんなの歌を聞いていた。

〽いらかの波と……

が終わると、女の先生は、いった。はっきりと。

「では、今度は、『ひな祭り』です」

トットちゃん以外の、みんなは、きれいに歌った。

〽あかりをつけましょ　ぼんぼりに……

トットちゃんは、だまっているしかなかった。

みんなが歌い終わると、兵隊さんが拍手をした。女の先生は、にっこりすると、

「では」といってから、

「みなさん、『お馬の親子』ですよ、元気よく、さあ、三！　四！」

と、指揮を始めた。

これも、トットちゃんの知らない歌だった。みんなが、「お馬の親子」を歌い終わったときだった。トットちゃんの腰かけてるベッドの兵隊さんが、トットちゃんの頭をなでて、いった。

「君は、歌わないいんだね」

トットちゃんは、とても申しわけない、と思った。お見舞いに来たのに、一つも歌わないなんて。だから、トットちゃんは、ベッドから離れて立つと、勇気を出して、いった。

「じゃ、あたしの知ってるの、歌います」

女の先生は、命令と違う事が始まったので、

「なんです？」

と聞いたけど、トットちゃんが、もう息を吸いこんで歌おうとしてるので、だまって聞く事にしたらしかった。

トットちゃんは、トモエの代表として、一番、トモエで有名な歌がいい、と思った。

だから、息を吸うと、大きい声で歌い始めた。

〽よーく　噛《か》めよ　たべものを……

まわりの子供たちから、笑い声が起こった。中には、

「なんの歌？　なんの歌？」

と、隣《となり》の子に聞いてる子もいた。女の先生は、指揮のやりようがなくて、手を空中にあげたままだった。トットちゃんは、恥ずかしかったけど、一生懸命に歌った。

〽噛めよ　噛めよ　噛めよ　噛めよ　たべものを……

歌い終わると、トットちゃんは、おじぎをした。頭をあげたとき、トットちゃんは、その兵隊さんの目から、涙が、こぼれているのを見て、びっくりした。なにか、悪い事をしたのか、と思ったから。すると、その、パパより少し歳《とし》をとったくらいの兵隊さんは、また、トットちゃんの頭をなでて、

「ありがとう、ありがとう」

といった。

頭をなでてくれながら、兵隊さんの涙は止まらないみたいだった。そのとき、女の先生は、気をとり直すような声で、いった。

「じゃ、ここで、みんなの、おみやげの、作文を、読みましょう」

子供たちは、自分の作文を、ひとりずつ、読み始めた。トットちゃんは、兵隊さんを、見た。兵隊さんは、目と、鼻を赤くしながら、笑った。トットちゃんも、笑った。そして、思った。

（よかった。兵隊さんが笑った）

兵隊さんの涙が、なんであったのか、それは、その兵隊さんにしか、わからないことだった。もしかすると、それは、故郷に、トットちゃんに似た子を残して来ていたのかも、知れなかった。それとも、トットちゃんが、あまり一生懸命に歌ったので、いじらしく、可愛く思ったのかも知れなかった。そして、もしかすると、戦地での体験で、（もうじき食べものもなくなるのに、〝よく嚙《か》めよ〟の歌をうたってる）と、可哀そうに思ったのかも知れなかった。そして兵隊さんには、この子供達が、これから巻きこまれる、本当の恐ろしいことが、わかっていたのかも、知れなかった。

作文を読む子供たちの知らないうちに、太平洋戦争は、もう、いつのまにか、始まっていたのだった。

元気の皮

もう、すっかり顔なじみになった、自由が丘の改札口のおじさんに、トットちゃんは、首から紐《ひも》で下げた定期を見せると、駅を出た。

さて、今日は、そこに、とても面白そうな事が起こっていた。それは、若いお兄さんが、ゴザを敷《し》いて、その上に、あぐらをかいて座っていて、そのお兄さんの前には、木の皮みたいのが、山のように、積んであった。そして、そのまわりには、見物人が、五、六人、たまって、そのお兄さんのする事を見物していたのだった。トットちゃんも、その見物の中に加わってみることにした。どうしてかっていえば、そのお

兄さんが、

「さあ、見てごらん、見てごらん」

と、いったからだった。トットちゃんが立ち止まったのを見ると、お兄さんは、いった。

「さあ、人間は健康が第一。朝起きて、自分が元気か、病気かを、調べるのが、この木の皮だ。朝、この木の皮を嚙《か》んでみて、もし、にがかったら……、それは、病気という証拠《しょうこ》。もし、嚙んでも、にがくなかったら、あんたは大丈夫、病気じゃない。たったの二十銭《せん》で、病気がわかる、この木の皮。さあ、そこの旦那《だんな》さん、ためしに嚙んでみてください」

少し、やせた男の人が、渡された木の皮を、おそるおそる、前歯で嚙んだ。そして、ちょっとして、その人は、首をかしげながら、いった。

「少し、にがい……ような気がする……」

お兄さんは、それを聞くと、とび上がって叫んだ。

「旦那さん、あんたは病気にかかっている。気をつけなさいよ。でも、まだ、そう悪くはない、にがいような、〝気がしてる〟んだから。じゃ、そこの奥さん、ちょっと、これを同じように噛んでみてください」

おつかい籠《かご》を下げた、おばさんは、かなり幅の広いのを、ガリッ！　と、いきおいよく噛んだ。そして、うれしそうに、いった。

「まあ！　全然にがくありません」

「よかったねえ、奥さん、元気だよ、あんたは！」

そして、それから、もっと大きい声で、いった。

「二十銭だよ、二十銭！　これで毎朝、病気にかかってるかどうか、わかるんだから。安いもんだ！」

トットちゃんは、その、ねずみ色みたいな皮を、自分も試《ため》しに、噛ませてもらいたい、と思った。だけど、

「私にも……」

という勇気はなかった。そのかわり、トットちゃんは、お兄さんに聞いた。

「学校が終わるまで、ここに居《い》る？」

「ああ、いるよ」

お兄さんは、チラリと小学生のトットちゃんを見て、いった。トットちゃんは、ラ

ンドセルを、カタカタいわせると、走り始めた。少し学校に遅《おく》れそうになったのと、もうひとつ、用事をしなきゃならなかったからだった。その用事というのは、教室につくなり、みんなに聞いてみることだった。

「誰《だれ》か、二十銭、かしてくれない?」

ところが、誰も、二十銭を、持っていなかった。長い箱に入ったキャラメルが、十銭だったから、そう大変なお金じゃないけど、誰も持っていなかった。

そのとき、ミヨちゃんが、いった。

「お父さんか、お母さんに、聞いてみて、あげようか?」

こういうとき、ミヨちゃんが校長先生の娘というのは都合《つごう》がよかった。学校の講堂《こうどう》のつづきに、ミヨちゃんの家があるから、お母さんも、いつも、学校にいるようなものだったし。

お昼休みになったとき、ミヨちゃんが、トットちゃんを見ると、いった。

「お父さんが、かしてもいいけど、何に使うのかって!」

トットちゃんは、校長室に出かけて行った。校長先生は、トットちゃんを見ると、めがねをはずして、いった。

「なんだい？　二十銭いるって？　何に使うの？」

トットちゃんは、大いそぎで、いった。

「病気か、元気か、噛むとわかる、木の皮を、買いたいの」

「どこに売ってるんだい？」

と校長先生は、興味深げに、聞いた。

「駅の前！」

トットちゃんは、また、大いそぎで答えた。

「そうかい。いいよ。君が欲《ほ》しいんなら。先生にも噛ましてくれよね」

校長先生は、そういうと、上着のポケットから、お財布《さいふ》を出すと、二十銭を、トットちゃんの、手のひらに、のせた。

「わあー、ありがとう。ママにもらって、お返しします。本なら、いつも買ってくれるけど、ほかのものの時は、聞いてから買うんだけど、でも、元気の皮は、みんなが要《い》るから、買ってくれると思うんだ！」

そして、学校が終わると、二十銭を、握りしめて、トットちゃんは、駅の前に、いそいだ。お兄さんは、同じような声で叫んでいたけど、トットちゃんが、手の平《ひら》の二十銭を見せると、にっこり笑って、いった。

「いい子だね。お父さん、お母さん、よろこぶよ」

「ロッキーだって！」

と、トットちゃんは、いった。

「なんだい、ロッキーって？」

と、お兄さんは、トットちゃんに渡す皮を、選びながら、聞いた。

「うちの犬！　シェパード！」

お兄さんは、選ぶ手を止めると、少し考えてから、いった。

「犬ねえ。いいだろう。犬だって、にがきゃ、いやがるから、そしたら、病気だ……」

お兄さんは、幅が三センチくらいで、長さが、十五センチくらいの皮を、手にすると、いった。

「いいかい？　朝、噛んで、にがいと、病気だよ。なんでもなきゃ、元気だぜ」

お兄さんが、新聞紙にくるんでくれた、木の皮を、トットちゃんは、大切《たいせつ》に握りしめて、家に帰った。

それから、トットちゃんは、まず、自分で噛んでみた。口の中で、ガサガサする、その皮は、にがくも、なんともなかった。

「わーい、私は、元気です‼」

ママは、笑いながら、いった。

「そうよ。元気よ。だから、どうしたの？」

トットちゃんは、説明した。ママも、まねをして、皮を噛んでみて、そして、いった。

「にがくないわ」

「じゃ、ママも、元気！」

それから、トットちゃんは、ロッキーのところに行き、口のところに、皮を、さし出した。ロッキーは、まず、においをかぎ、それから、舌で、なめた。トットちゃんは、いった。

「噛むのよ。噛めば、病気かどうか、わかるんだから！」

でも、ロッキーは、噛もうとはせず、耳の後ろを、足で、かいた。トットちゃんは、木の皮を、ロッキーの、口のところに、もっと近づけると、いった。

「ねえ、噛んでみて？　病気だったら、大変なんだから！」

ロッキーは、仕方なさそうに、皮の、ほんの、はじのほうを噛んだ。それから、また、においをかぐと、別に、いやだという風《ふう》も見せず、大きく、あくびをした。

「わーい。ロッキーも、元気です‼」

次の朝、ママは、二十銭、おこづかいを、くれた。トットちゃんは、まっ先に、校長室に行くと、木の皮を、さし出した。

校長先生は、一瞬、

「これは、なんだろう？」

という風《ふう》に皮を見て、それから、次に、トットちゃんが、大切そうに、手を開いて、握っていた二十銭を先生に渡そうとしてるのを見て、思い出した。

「噛んで？　にがいと、病気！」

校長先生は、噛んでみた。それから、その皮を、ひっくり返したり、よく見て、調べた。

「にがいの？」

トットちゃんは、心配そうに、校長先生の顔を、のぞきこんで、聞いた。

「いいや、なんの味も、しないよ」

それから校長先生は、木の皮を、トットちゃんに返すと、いった。

「先生は元気だよ。ありがとう」

「わーい、校長先生も元気！　よかった！」

トットちゃんは、その日、学校中のみんなに、その皮を、かたはしから、噛んでもらった。誰もかれも、にがくなくて、元気だった。トモエのみんなは、みんな、元気だった。トットちゃんは、うれしかった。

みんな、校長先生のところに、口々に、

（自分は、元気だ）

という事を、報告にいった。そのたびに先生は、いった。

「そうかい、よかったな」

でも、群馬県の自然の中に生まれ、榛名山《はるなさん》の見える、川のほとりで育った校長先生には、わかっていたに違いない。

（この皮は、誰が噛んでも、にがくなることは、決して、ない）と。

でも、みんなが、「元気！」とわかって、よろこぶ、トットちゃんを、先生は、う

れしいと思った。もしも、誰かが、

「にがい！」

といったら、その人のために、トットちゃんが、どんなにか心配する、というような、やさしい子に育っている事を、先生は、うれしい、と思っていた。

その頃《ころ》、トットちゃんは、学校の近くを通りかかった野良犬《のらいぬ》の口に、その皮を、つっこんで、かみつかれそうになっていた。でも、トットちゃんは、負けないで叫んでいた。

「病気かどうか、すぐ、わかるのに。ちょっとだけ、嚙んでみて？　あんたが、元気だってわかったら、それで、いいんだから！」

そして、見知らぬ犬に、その皮を、嚙ませる事に、トットちゃんは、成功した。犬のまわりを、とびはねながら、トットちゃんは、いった。

「よかった。あんたも、元気でーす‼」

犬は頭を下げて、恐縮《きょうしゅく》してるような恰好《かっこう》で、どっかに走って、見えなくなった。

校長先生の推察どおり、このあと、あの、お兄さんが、二度と、自由が丘に姿を現わす事は、なかった。

でも、トットちゃんは、毎朝、学校に行く前に、まるで、ビーバーが必死で噛んで、ボロボロになったような皮を、大切そうに机の引き出しから出して噛んでは、

「私は、元気でーす‼」

といって、家を出ていくのだった。

そして、本当に、トットちゃんは、元気なのだった。ありがたいことに。

英語の子

今日は、新しい生徒がトモエに来た。小学校の生徒にしては、誰《だれ》よりも背が高く、全体的にも凄《すご》く大きかった。小学生というよりは、

「中学生のお兄さんみたいだ」

と、トットちゃんは思った。着てるものも、みんなと違って、大人のひと、みたいだったし。

校長先生は、朝、校庭で、みんなに、この新しい生徒を、こう紹介した。

「宮崎君だ。アメリカで生まれて、育ったから、日本語は、あまり上手じゃない。だから、ふつうの学校より、トモエのほうが、友達も、すぐ出来るだろうし、ゆっくり勉強できるんじゃないか、という事で、今日から、みんなと一緒だよ。何年生がいいかなあ。どうだい、タアーちゃん達と一緒の、五年生じゃ」

絵の上手な、五年生のタアーちゃんは、いつものようにお兄さんらしく、いった。

「いいよ」

校長先生は、にっこり笑うと、いった。

「日本語は、うまくない、といったけど、英語は得意だからね、教えてもらうといい。だけど、日本の生活に馴《な》れていないから、いろいろ教えてあげてください。アメリカの生活の話も、聞いてごらん。面白いから。じゃ、いいね」

宮崎君は、自分より、ずーっと、小さい同級生に、おじぎをした。タアーちゃん達のクラスだけじゃなく、他の子も、みんな、おじぎをしたり、手を振ったりした。

お昼休みに、宮崎君が、校長先生の、家のほうに行くと、みんなも、ゾロゾロついて行った。そしたら、宮崎君は、家にあがるとき、靴《くつ》をはいたまま、畳《たたみ》にあがろうと

したから、みんなは、

「靴は、ぬぐの！」

と大さわぎで、教えてあげた。宮崎君は、びっくりしたように、靴をぬぐと、

「ゴメンナサイ」

といった。みんなは、口々に、

「畳はぬぐけど、電車の教室と、図書室は、ぬがなくていい」

とか、

「九品仏《くほんぶつ》のお寺の、お庭はいいけど、本堂は、ぬぐの」

とか、教えた。そして、日本人でも、ずーっと外国で生活していると、いろんなことが違うのだと、みんなにも、よくわかって、面白かった。

次の日、宮崎君は、英語の、大きい絵本を、学校に持って来た。お昼休みに、みんなは、宮崎君を、何重《なんじゅう》にも、とりかこんで、その絵本を、のぞきこんだ。そして、おどろいた。第一に、こんな、きれいな絵本を見た事が、なかったからだった。みんなの知ってる絵本は、ふつう、色が、まっ赤、とか、みどり色とか、まっ黄色という風《ふう》なのに、この絵本の色は、薄《うす》い肌色《はだいろ》のようなピンクとか、水色でも、白い色や、グレ

ーが、まざっているような、気持ちのいい色で、クレヨンには、ない色だった。二十四色のにもない色で、タアーちゃんだけが持ってる四十八色のクレヨンにだって、ないような色がたくさんあった。みんなは、感心した。それから、次に、絵なんだけど、それは、おむつをした、赤ちゃんが、犬に、おむつを、ひっぱられているところから始まっていた。だけど、みんなが感心したのは、その赤ちゃんが、描《か》いたみたいじゃなく、ピンク色の、やわらかそうな、お尻を出して、本当に、そこにいるみたいだったからだった。そして、第三に、こんな大きくて、厚《あつ》い、しかも、紙のいいツルツルの絵本を見るのは、初めてだった。トットちゃんは、もちろん、いつものように、抜《ぬ》け目《め》なく、一番、絵本に近く、しかも、宮崎君の、そばに、人なつっこく、くっついていた。

宮崎君は、まず、英語で文章を読んでくれた。それは、とてもとても、なめらかな言葉で、みんなは、うっとりした。それから、宮崎君は、日本語と、格闘《かくとう》を、はじめた。

どっちにしても、宮崎君は、みんなと違うものを、トモエに、運んで来てくれた。

「赤チャンハ、ベイビィー」

宮崎君のいう通り、みんなは、声を出した。

「赤ちゃんは、ベイビィー!!」

それから、また、宮崎君はいう。

「ウックシハ、ビューティフル」

「美《うつく》しいは、ビューティフル」

みんながいうと、宮崎君は、すぐに、自分の日本語を訂正《ていせい》した。

「ゴメンナサイ、ウックシ、チガウ、ウックシイ?」

こうして、トモエのみんなは、宮崎君とすぐ親しくなった。宮崎君も、毎日、いろんな本を学校に持って来ては、お昼休みに読んでくれた。

だから、宮崎君は、みんなの、英語の家庭教師という風《ふう》だった。でも、そのかわり、宮崎君は、みるみるうちに、日本語が、上手になった。そして、床《とこ》の間《ま》にも、腰をかけたり、しなくなった。

トットちゃん達も、アメリカについて、いろいろ知った。

トモエでは、いま、日本と、アメリカが親しくなり始めていた。

でも、トモエの外では、アメリカは敵国となり、英語は、敵国の言葉ということで、すべての学校の授業から、はずされた。

「アメリカ人は、鬼《おに》!」

と、政府は、発表した。このとき、トモエのみんなは、声を揃《そろ》えて、叫んでいた。

「美しいは、ビューティフル!」

トモエの上を通りすぎる風は暖かく、子供たちは、美しかった。

学　芸　会

「芝居《しばい》だ!　芝居だ!　学芸会だ!」

トモエはじまって以来のことだった。お弁当の時間に、みんなの前で、毎日だれかが、ひとりずつ出て、おはなしする、というのは、ずーっと続いていたけど、お客さんも来て、講堂の、いつも校長先生が、リトミックのとき弾《ひ》く、グランドピアノの乗っている小さいステージの上で、芝居をやるなんて……。とにかく、芝居というものを見たことのある子は、誰もいなかった。トットちゃんだって、バレエの「白鳥の湖」のほかは、見たこと一度だってなかった。それでも、とにかく、学年別に、だし物が検討《けんとう》された。そして、およそ、トモエらしくないけど、教科書に、のっていたかなんかで、トットちゃんのクラスは、

「勧進帳《かんじんちょう》」

と、決まった。そして丸山先生が、指導してくださる事になった。弁慶《べんけい》は、背も高く、からだも大きい税所《さいしょ》愛子さんが、いい、という事になり、富樫《とがし》は、一見まじめで、大きい声の、天寺《あまでら》君に決まった。そして、義経《よしつね》は、みんなの相談の結果、トットちゃんがやることになった。残りのみんなは、山伏《やまぶし》の役だった。

さて、稽古《けいこ》が始まる前、みんなは、まず、セリフというのを、おぼえなくちゃならなかった。でも、トットちゃんと、山伏《やまぶし》は、セリフがないので、とてもよかった。なぜなら、山伏は、芝居のあいだじゅう、だまって立っていればよかったし、トットちゃんは、富樫の守っている「安宅《あたか》の関《せき》」を、うまく通るために、弁慶が、主人である義経を、ぶったりして、「こんなのは、ただの山伏です」、という話だから、義経のトットちゃんは、ただ、うずくまっていれば、いいのだった。弁慶の税所さんは、大変

だった。富樫と、いろいろ、やりとりがある他に、何も書いてない巻物を取り出し、富樫が、

「読んでみてください」

というから、

「そもそも、東大寺《とうだいじ》建立《こんりゅう》のため……」

とか、即興《そっきょう》に、自分で作って、必死に読んで、敵の富樫を感動させる、という、難《むずか》しいところがあるので、毎日、

「そもそも……」

といっていた。

富樫役の天寺君だって、弁慶を、やりこめなくちゃならないセリフが、たくさんあるので、フウフウいっていた。

さて、いよいよ、稽古が始まった。富樫と弁慶が、むかい合わせになり、弁慶のうしろに山伏が、並んだ。トットちゃんは、山伏の先頭にいた。ところが、トットちゃんは、話が、わかっていなかった。だから、弁慶が、義経のトットちゃんを、つきとばし、棒《ぼう》でぶつと、猛然《もうぜん》と、抵抗《ていこう》した。税所さんの足を、けっとばしたり、ひっかい

たりした。だから、税所さんは泣くし、山伏は、笑った。

　本当なら、どんなに弁慶が義経を、ぶっても叩《たた》いても、義経が、されるままになっているので、富樫が、弁慶の心の中の、つらさを思いやって、結局、この、「安宅の関」を、通してやる、という芝居だから、義経が、反抗したのじゃ、芝居にならないのだった。丸山先生は、トットちゃんに説明した。でも、トットちゃんは、絶対に、

「税所さんが、ぶつんなら、私だって、ぶつ！」

というので、芝居は進まなかった。

　何度、そこのところをやっても、トットちゃんは、うずくまりながら抵抗した。とうとう丸山先生は、トットちゃんに、いった。

「悪いけど、義経の役は、泰《たい》ちゃんに、やってもらうことにしよう」

　トットちゃんにとっても、それは、ありがたいことだった。だって、自分だけが、ぶたれたり、つきとばされるのは、いやだ、と思っていたから。それから、丸山先生は、いった。

「そのかわり、トットちゃんは、山伏になって、ください」

　そこで、トットちゃんは、山伏の一番うしろに並ぶことになり、

「これで、やっと、うまく、いく！」

と、みんなが考えたけど、それは、みんなの間違いだった。というのは、山伏が山を登ったり降りたりするための、長い棒を、トットちゃんに渡したのが、いけなかった。トットちゃんは、立ってるだけで退屈《たいくつ》してくると、その棒で、隣《となり》の山伏の足を、つっついたり、もう一人さきの山伏の、わきの下を、くすぐったりした。それから、また、その長い棒で、指揮者《しきしゃ》のまねをしたりしたから、まわりのみんなは、あぶなかったし、第一に、富樫と弁慶の芝居が、それで、ブチこわしになるのだった。

そんなわけで、とうとう、トットちゃんは、山伏の役も、おろされてしまった。

義経になった泰ちゃんは、歯をくいしばるようにして、ぶたれたり、けっとばされたりしたから、見る人は、

(可哀そうに！)

と思うに違いなかった。稽古は、トットちゃん抜きで、順調に進行していた。

一人ぼっちになったトットちゃんは、校庭に出た。そして、はだしになり、トットちゃん風《ふう》のバレエを踊り始めた。自分流に踊るのは、気持ちがよかった。トットちゃんは、白鳥になったり、風になったり、ヘンな人になったり、木になったりした。誰

もいない校庭で、いつまでも、ひとりで踊った。

でも、心の中では、

(やっぱり、義経やりたかったな)

という気持ちが、少しあった。

でも、いざ、やったら、やっぱり、税所さんのこと、ひっかいたり、ぶっちゃったりするに、違いなかった。

こうして、あとにも先にも、トモエにとって一回だけの学芸会に、トットちゃんは残念だけど参加できなかったのだった。

はくぼく

トモエの生徒は、よその家の塀《へい》や、道に、らく書きをする、という事がなかった。

というのは、そういう事は、もう充分《じゅうぶん》に学校の中でやっているからだった。

それはどういうのかというと、音楽の時間だけど、生徒が講堂に集まると、校長先生は、みんなに、白い、はくぼくを渡した。生徒は、講堂の床《ゆか》の、思い思いの場所に陣《じん》どって、ねっころがったり、ちゅう腰《ごし》になったり、きちんと正座したり、自由な形で、はくぼくを持って、用意する。みんなの準備《じゅんび》が揃《そろ》うと、校長先生がピアノを弾《ひ》く。そうすると、みんなは、その講堂の床に、先生の弾《ひ》いてる音楽のリズムを、音符《おんぷ》にするのだった。薄《うす》茶色で、ツルツルの木の床に、はくぼくで書くのは気持ちがよかった。広い講堂に、トットちゃんのクラスの十人ぐらいが、ばらばらに散らばっているのだから、どんなに大きい音符を書いても、他の人に、ぶつかる事はなかった。音符といっても、五線を書く必要はなく、ただ、リズムを書けばいいのだった。しかも、それは校長先生とみんなで話し合って決めた、トモエ流の呼びかたの音符だった。

例えば、

♬は、スキップ（スキップして、とびはねるのにいいリズムだから）

♪は、ハタ（旗のように見えるから）

♫は、ハタハタ

♪は、二マイバタ（二枚の旗）

♩は、黒

♩は、白

♩.は、白に、ほくろ（または、しろてん）

。マル（全音符のこと）

……と、こんな風《ふう》だったから、とても音符に親しめたし、面白かったから、この時間は、みんなの楽しみな授業だった。

床《ゆか》に、はくぼくで描く、というのは、校長先生の考えだった。紙だと、どんどん、はみ出しちゃうし、黒板では、みんなが書くのに、数が足りなかった。だから、講堂の床を、大きい黒板にして、はくぼくで書けば、「体も自由に動かせるし」「どんなに早いリズムでも、どんどん書けたし」「大きい字で、かまわなかった」。なによりも、のびのびと、音楽をたのしめるのが、よかった。そして、少し時間があると、ついでに飛行機だの、お人形さんだのの絵も、描いて、かまわなかった。だから、ときどき、わざと、隣《となり》の子のところまで、つづくようにして、みんなが、つなげっこをして、講堂中が、ひとつの絵になる事も、あった。

音符の授業は、音楽が一区切《ひとくぎ》りすると、校長先生が降《お》りて来て、ひとりずつのを見て廻《まわ》る、というやりかただった。

そして、

「いいよ」

とか、

「ここは、ハタハタじゃなくて、スキップだったよ」

とか、いってくださった。そして、みんなが、ちゃんと直すと、先生は、もう一度、弾いて、みんなも、そのリズムを正確に、たしかめて、納得するのだった。こういうとき、校長先生は、どんなに忙しくても、人まかせにすることは、絶対になかった。そして、生徒たちも、小林校長先生じゃなくちゃ、絶対に、面白くなかった。

ところで、この音符のあと、掃除が、かなり、大変だった。まず、黒板消しで、はくぼくを拭《ふ》き、そのあとは、みんなが共同で、モップだの、お雑巾《ぞうきん》だので、すっかり、床を、きれいにするのだった。それでも、講堂じゅう全部を拭くのは、大ごとだった。

こんなわけで、トモエのみんなは、「らく書きや、いたずら書きをしたら、あとが大変！」と知っていたから、講堂の床以外では、しなかったし、第一に、一週間に、二度くらいある、この授業で、らく書きの楽しみは、もう、充分に満たされていた。

トモエの生徒は、「はくぼくの感触《かんしょく》って、どういうの」とか、「どう握って、どう動かせば、うまく書けるか」とか、「はくぼくを折らない方法」とかを、本当に、よく知っていた。つまり、どの子も、〃はくぼく評論家〃になれるくらいだったのだから。

泰明《やすあき》ちゃんが死んだ

春休みが終わって、初めて学校に集まった日の、朝だった。校庭で、小林先生は、みんなの前に立つと、両手を上着のポケットにいれた、いつもの恰好《かっこう》で、じーっと、立っていた。それから、両手をポケットから出すと、みんなを見た。先生の顔は、泣いているようだった。先生は、ゆっくり、いった。

「泰明ちゃんが、死んだよ。今日、みんなでお葬式《そうしき》に行こう。泰明ちゃんは、みんなの友達だったね。とても残念だよ、先生も。悲しい気持ちで、いっぱいだ……」

そこまでいうと、先生の目のまわりが真っ赤になり、涙が、先生の目から落ちた。

生徒たちは、みんな呆然《ぼうぜん》として、誰も声を出す子は、いなかった。みんなの胸の中には、それぞれ、泰明ちゃんに対する想《おも》いが、こみあげていたに違いなかった。これまでに、こんな悲しい静かさが、トモエの庭を通りすぎたことは、なかった。

トットちゃんは、思った。

「そんなに早く、死んじゃうなんて。春休みの前に、泰明ちゃんが、『読めば？』って貸してくれた〝アンクルトムの小屋〟だって、まだ終わりまで、読めていないくらいなのに」

トットちゃんは、泰明ちゃんの事を、想い出していた。春休みの前に、別れるとき、本を渡してくれた時の、曲がった指のこと。初めて逢《あ》った日、

「どうして、そんなふうに歩くの？」

と聞いたトットちゃんに、

「僕《ぼく》、小児麻痺《しょうにまひ》なんだ」

って、やさしく、静かに教えてくれたときの、あの声と、少し笑った顔と。夏の、

あの二人だけの大冒険、秘密の木のぼりも（トットちゃんより、年も背も大きかったけど、トットちゃんを信頼し、全部トットちゃんに、まかせた、あのときの、泰明ちゃんのからだの重さも、今は、なつかしかった）。「テレビというものが、アメリカにある」って教えてくれたのも泰明ちゃんだった。

トットちゃんは、泰明ちゃんが好きだった。お休み時間だって、お弁当のときだって、学校が終わって駅まで帰るときだって、いつも一緒だった。なにもかもが、なつかしかった。でも、トットちゃんは、もう二度と泰明ちゃんは、学校に来ないとわかっていた。死ぬって、そういうことなんだから。あの可愛がってた、ひよこだって、死んだら、もう、どんなに呼んでも、動かなかったんだから。

泰明ちゃんのお葬式は、泰明ちゃんの家のある田園調布の、家とは反対側の、テニスコートの近くの教会だった。生徒は、みんな、だまって、自由が丘から一列になって、教会まで歩いていった。いつもはキョロキョロするトットちゃんも、下を見たまま、ずーっと歩いていた。そして、校長先生から、初めて話を聞いた、さっきと、今の考えが、少し違っていることに気がついた。さっきは、（信じられない）という気持ちと、（なつかしい）という気持ちだったけど、今は、（もう一度だけでいいから、生きてる泰明ちゃんと逢いたい。逢って、話がしたい）という思いで、胸がいっぱいだった。

教会は、白い百合《ゆり》の花が、たくさんあった。泰明ちゃんの、きれいなお姉さんや、お母さんや、お家の人達が、黒い洋服を着て、入口の外に立っていた。みんな、トットちゃん達を見ると、それまでより、もっと泣いた。みんな、白いハンケチを、ぎゅーっと持っていた。トットちゃんは、生まれて初めて、お葬式を見た。お葬式は、悲しいものとわかった。話をしてる人は、誰もいなかった。オルガンが、静かに讃美歌《さんびか》を歌っていた。教会の中は、太陽の光が入って明るいのに、楽しい気持ちは、もう、どこを探しても、ないように思えた。腕に黒いリボンを巻いた男の人が、トモエのみんなに、白い花を一本ずつ渡して、それを持って、一列になって教会に入り、泰明ちゃんの寝てるお棺《かん》の中に、そーっと、それを入れてください、と説明した。

泰明ちゃんは、お棺の中にいた。花にかこまれて、目をつぶっていた。でも、死んでいても、いつものように、やさしく、利口《りこう》そうに見えた。トットちゃんは、ひざをつくと、花を、泰明ちゃんの、手のところに置いた。そして、泰明ちゃんの、手に、そっと、さわった。トットちゃんが、何度も何度も、ひっぱった、なつかしい手。汚れて小さいトットちゃんの手にくらべて、泰明ちゃんの手は、真っ白で、指が長く、大人っぽく見えた。

(じゃね)

と、トットちゃんは、小さな声で、泰明ちゃんに、いった。

(いつか、うんと大きくなったら、また、どっかで、逢えるんでしょう。そのとき、小児麻痺、なおってると、いいけど)

それから、トットちゃんは立ち上がり、もう一度、泰明ちゃんを見た。そうだ！ 大事なこと忘れていた。

(〝アンクルトムの小屋〟、もう返せないわね。じゃ、私、あずかっとく。今度、逢うときまで)

そして、トットちゃんは歩きはじめた。そのとき、うしろから、泰明ちゃんの声が聞こえるような気がした。

「トットちゃん！ いろんなこと、楽しかったね。君のこと、忘れないよ」

(そうよ)

トットちゃんは、教会の出口のところで、ふり返って、いった。

（私だって、泰明ちゃんのこと、忘れない！）

明るい春の陽《ひ》ざしが……、初めて泰明ちゃんと、電車の教室で逢った日と同じ、春の陽ざしが、トットちゃんのまわりを、とりかこんでいた。でも、涙が、いまトットちゃんの頬《ほお》を伝わっているのが、初めて逢った日と、違っていた。

スパイ

泰明《やすあき》ちゃんのことで、トモエのみんなは、ずーっと悲しかった。特にトットちゃんのクラスは、朝、電車の教室で、もう、いくら授業が始まる時間になって泰明ちゃんが来なくても、それは遅刻《ちこく》じゃなくて、絶対に来ないのだ、と馴《な》れるのに時間が、かかった。一クラスが、たったの十人というのは、ふだんはいいけど、こういうときには、（とても、都合《つごう》が悪い）、と、みんなは思った。

「泰明ちゃんがいない」

ということが、どうしても、目で見えてしまうからだった。でも、せめてもの救いは、みんなの座《すわ》る席が決まっていないことだった。もし、泰明ちゃんの席が決まっていて、そこが、いつまでも空《あ》いてるとしたら、それは、とても、つらいことだったに違いない。でも、トモエでは、毎日、好きな席に自由に座っていい、というきまりだったから、そこのところは、ありがたかった。

このところ、トットちゃんは、自分が大きくなったら、「なにになろうか？」という事を考えるようになっていた。もっと小さい頃は、チンドン屋さんとか、バレリーナと思っていたし、初めてトモエに来た日には、駅で、電車の切符を売る人もいい、と思った。でも、いまは、もう少し、女らしく、なにか、かわっていることを仕事にする人になりたい、と考えていた。

（看護婦《かんごふ》さんもいいな……）

と、トットちゃんは、思いついた。

（でも……）

と、すぐにトットちゃんは思い出した。

（この前、病院にいる兵隊さんをお見舞いに行ったとき、看護婦さんは、注射《ちゅうしゃ》なんか、してあげてたじゃない？　あれは、ちょっと、むずかしそうだ……）

「そうかといって、なにがいいかなあ……」

いいかけて、突然《とつぜん》、トットちゃんは、うれしさで、いっぱいになった。

「なんだ、ちゃんと、なるもの、前に決めてたんだ！」

それからトットちゃんは、泰《たい》ちゃんのそばに行った。ちょうど泰ちゃんは、教室で、アルコールランプに火をつけたところだった。トットちゃんは、得意そうにいった。

「私、スパイになろうと思うんだ！」

泰ちゃんは、アルコールランプの炎《ほのお》から、目をトットちゃんにむけると、じっと、トットちゃんの顔を見た。それから、少し考えるように、目を窓の外にやり、それから、トットちゃんのほうにむきなおると、響《ひび》きのある利口《りこう》そうな声で、そして、トットちゃんにわかりやすいように、ゆっくりと、いった。

「スパイになるにはね、頭がよくなくちゃ、なれないんだよ。それに、いろんな国の言葉だって出来なくちゃなれないし……」

そこまでいうと、泰ちゃんは、ちょっと、息をついた。そして、目をそらさずに、

ちひろ

はっきりと、トットちゃんを見て、いった。

「第一、女のスパイは、顔がきれいじゃなくちゃ、なれないんだよ」

トットちゃんは、だんだん目を泰ちゃんから床に落とし、顔も、少し、うつむくような形になった。それから泰ちゃんは、少し間をおき、今度は、トットちゃんから目をそらして、小さな声で、考えながら、いった。

「それに、おしゃべりの子は、スパイには、なれないんじゃないかなあ……」

トットちゃんは、びっくりした。それは、スパイになることを反対されたからじゃなかった。泰ちゃんのいうことが、すべて正しいからだった。すべてが、思いあたることだった。

トットちゃんは、どこをとっても、スパイになれる才能はない、と、自分でも、よくわかった。泰ちゃんが、意地悪《いじわる》でいってるんじゃないことは勿論《もちろん》だった。スパイは、あきらめるよりしか、なかった。やっぱり相談してよかった。

（それにしても！）

と、トットちゃんは、心の中で考えた。

（すごい！　泰ちゃんは、私と同じ年なのに、こんなに、いろんなことが、よくわかっているなんて……)

もし、泰ちゃんが、トットちゃんに、

「僕、物理学者になろうと思うんだけど!」

なんていったら、一体、どんなことを、いってあげられるだろうか。

「アルコールランプに、マッチで上手《じょうず》に火がつけられるもの、なれると思うわ……」

でも、これじゃ、ちょっと子供っぽいかなあ。

「英語で、狐《きつね》はフォックスで、靴《くつ》はシューズ、って知ってるんだもの、なれるんじゃないの?」

これでも、充分じゃ、なさそうだ。

(でも、泰ちゃんなら、いずれにしても、利口な人のする仕事にむいている)

と、トットちゃんは、思った。だから、トットちゃんは、だまって、フラスコの泡《あわ》を見つめている泰ちゃんに、やさしく、いった。

「ありがとう。スパイはやめる。でも、泰ちゃんは、きっと偉《えら》い人になるわ」

泰ちゃんは、口の中で、なにか、モゾモゾいうと、頭をかきながら、開いた本の中に、頭を、うずめてしまった。

（スパイもだめなら、なにになったら、いいのかな？）

トットちゃんは、泰ちゃんと並んで、アルコールランプの炎を見つめながら、考えていた。

ヴァイオリン

戦争は、いつの間にか、トットちゃん達の生活の中に、その恐ろしい姿を見せ始めていた。

毎日、お隣《となり》や、ご近所の、おじさんやお兄さんが、日の丸の旗《はた》と、「ばんざーい!!ばんざーい!!」に送られて、いなくなっていった。たべものは、どんどん、お店から姿を消した。トモエのお弁当の、〝海のものと、山のもの〟も、実行が難しくなり、それでも、ママ達は、なんとか、「のりと梅干」で、海と山にしていたけど、だんだん、それすらも、大変になってきた。なにもかもが配給《はいきゅう》になった。お菓子《かし》なんて、もう、どこを探しても、見ることは出来なかった。

トットちゃんは、家に帰る駅の、一つ手前の、〝大岡山《おおおかやま》〟の駅の階段の下に、お金を入れると、キャラメルが出て来る機械が置いてあるのを知っていた。その機械の上のほうには、おいしそうな、キャラメルの絵が描いてあった。キャラメルは、小さい箱が五銭《せん》で、長い箱のが、十銭だった。でも、その機械の中には、もう、ずーっと前から、キャラメルは、入っていなかった。だから、どんなにお金を入れても、叩《たた》いても、何も出て来ないのだった。でも、トットちゃんは、みんなより、しつこかった。

「もしかすると、一箱くらい、残っているのが出てくるんじゃないか？」

「どっかに、ひっかかっているかも知れない！」

そう思ったから、毎日、わざわざ電車を途中下車しては、五銭と十銭を入れて、ためしてみるのだった。でも、いつも、お金だけがチャリン！　と音をたてて、もどって来た。

そんなとき、パパに誰かから、話があった。それは、軍需工場《ぐんじゅこうじょう》という、兵器とか、そのほか戦争で使うものを作っているところに行って、軍歌をヴァイオリンで弾《ひ》くと、帰りに、お砂糖とか、お米とか、ヨーカンなどが、もらえる、という、ふつうなら、耳よりの話だった。特にその頃、〝優秀《ゆうしゅう》音楽家〟ということで表彰《ひょうしょう》されたパパは、ヴァイオリニストとして有名だったから、おみやげも、たくさんいただけるだろうと、話を持って来た、その人は、いった。

ママがパパに聞いた。

「どうする？　行ってみる？」

たしかに、演奏会の数は、へっていた。第一、出征《しゅっせい》していく人がふえてきて、オーケストラのメンバーも揃《そろ》っていなかった。NHKの放送の仕事も、ほとんどが戦争のことになっていて、パパ達の音楽の仕事は少なかった。だから、今では、こういう仕事も、有難《ありがた》い、はずだった。

でも、パパは、ママの質問に、時間をかけて、答えた。

「……僕のヴァイオリンで、軍歌は、弾きたくない」

ママは、いった。

「そうね。やめれば？　たべものだって、なんとか、なるわよ」

パパだって、トットちゃんが、ろくなたべものしかなくて、毎日、キャラメルの販《はん》売機《ばいき》に、むなしく、お金を入れてることは、知っていた。だから、ちょっと行って、軍歌を弾いて、おみやげをもらって帰れば、どんなに家の中が、たのしくなるか、そして、トットちゃんにも、たべものを、お腹《なか》いっぱい、たべさせてやれるだろうことは、わかっていた。

でも、それより以上に、パパには、自分の音楽が大切だった。ママにも、それが、よくわかっていたので、

「ちょっと行って来てくだされば、いいのに……」

なんて、いわなかったのだった。

パパは、トットちゃんに、悲しそうに、いった。

「ごめんね、トット助《すけ》！」

トットちゃんには、まだ芸術とか、思想とか、また、仕事のことは、よくわからなかった。でも、パパが本当にヴァイオリンが好きで、そのために、勘当《かんどう》というのになって、家や、親戚《しんせき》の、のけものにされたことや、あと、いろんな大変なことがあったけど、それでも、絶対にやめなかったってこと、知っていたから、いやなものは、弾かないほうが、いい、と思った。だから、トットちゃんは、パパのまわりを、とびはねながら、元気にいった。

「平気！　私もパパのヴァイオリン、好きだもの！」

だけど、次の日も、トットちゃんは、また、大岡山の駅で降りて、キャラメルの出口を、のぞきこんだ。

決して、何も出て来るはずのない、出口を。

約　束

お弁当がすんで、みんなで、丸く並べた机や椅子を片づけると、講堂は広くなる。トットちゃんは、

「今日は、まっ先に、校長先生に、よじのぼろう」

と決めていた。いつもそう思ってるんだけど、ちょっと油断《ゆだん》すると、もう、誰かが、講堂のまん中に、あぐらをかいてる先生の足の間に入りこんでいて、背中には、二人ぐらい、よじのぼって、さわいでいて、そして校長先生は、

「おい、よせよ、よせよ！」

と真っ赤な顔で笑いながらいうんだけど、その子たちは、一度、占領した先生の体から、はなれまい、と必死だった。だから、ちょっと遅くなると、もう、小柄な校長先生の体は、大混雑なのだった。でも、今日、トットちゃんは決めたから、先生が来る前から、その場所……講堂のまん中……に、立って待っていた。そして、先生が歩いてくると、こう叫んだ。

「ねえ、先生、はなし、はなし、はなし‼」

先生は、あぐらをかくために、すわりながら、うれしそうに聞いた。

「なんだい？　はなしって」

トットちゃんは、数日前から、心に思ってることを、いま、はっきり先生に、いおうとしていた。先生が、あぐらをかくと、突然、トットちゃんは、（今日は、よじのぼるのは、やめよう）と思った。こういう話は、ちゃんと、向かいあうのが、適当《てきとう》、という風《ふう》に考えたからだった。だから、トットちゃんは、先生に向かいあい、くっついて正座した。そして、顔を少しまげた。小さいときから、「いいお顔！」と、ママなんかにいわれている顔をした。それは、歯を少し見せて笑う、よそゆきの顔だっ

た。この顔のときは、自信があり、いい子だと、自分でも思っているときだった。

先生は、膝《ひざ》を、のり出すようにして聞いた。

「なんだい？」

トットちゃんは、まるで、先生の、お姉さんか、お母さんのように、ゆっくりと、やさしく、いった。

「私、大きくなったら、この学校の先生に、なってあげる。必《かなら》ず」

先生は、笑うかと思ったら、そうじゃなく、まじめな顔をして、トットちゃんに聞いた。

「約束するかい？」

先生の顔は、本当に、トットちゃんに、「なってほしい」と思っているように見えた。トットちゃんは、大きくうなずくと、

「約束！」

と、いった。いいながら、（本当に。絶対に、なる！）と自分にも、いいきかせた。

この瞬間《しゅんかん》、はじめて、トモエに来た朝のこと……随分《ずいぶん》むかしに思えるけど、あの一年生のときの……はじめて、先生に、校長室で逢《あ》ったときのことを思い出していた。

先生は、四時間も、自分の話を、ちゃんと聞いてくれた。あとにも、先にも、トットちゃんの話を、四時間も、聞いてくれた、おとなは、いなかった。そして、話が終わったとき、

「今日から、君は、もう、この学校の生徒だよ」

って、いってくださったときの、先生の、あったかい声。いま、トットちゃんは、あのときより、もっと、

（小林先生は、大好きだ）

と思っていた。そして、先生のために働くこと、先生のためになる事なら、なんでもしようと心に決めていた。

先生は、トットちゃんの決心を聞くと、いつものように、歯の抜けた口を、恥《は》ずかしそうにしないで、見せて、うれしそうに、笑った。

トットちゃんは、先生の目の前に、小指をつき出した。

「約束！」

先生も小指を出した。短いけど、力強そうな、信頼《しんらい》出来そうな、先生の小指だった。トットちゃんと、先生は、指きリゲンマン！をした。先生は笑っていた。トッ

トちゃんも、先生がうれしそうなのを見て、安心して、笑った。

トモエの先生になる‼

なんて、すばらしいことだろう。

(私が、先生になったら……)

トットちゃんが、いろいろ想像して、思いついたことは、次のようなことだった。

「勉強は、あんまり、やらないでさ。運動会とか、ハンゴウスイサンとか、野宿《のじゅく》とか、いっぱいやって、それから、散歩！」

小林先生は、よろこんでいた。大きくなったトットちゃんを想像するのは、むずかしかったけど、きっと、トモエの先生になれるだろう、と考えていた。そして、どの子も、トモエを卒業した子は、小さい子供の心を忘れるはずはないのだから、どの子も、トモエの先生になれるはずだと考えていた。

日本の空に、いつアメリカの飛行機が爆弾《ばくだん》をつんで、姿を見せるか、それは、時間の問題、といわれているとき、この、電車が校庭に並んでいるトモエ学園の中では、校長先生と、生徒が、十年以上も先の、約束を、していた。

ロッキーが、いなくなった

たくさんの兵隊さんが死に、たべものが無くなり、みんなが恐ろしい気持ちで暮らしていても、夏は、いつもと同じように、やって来た。太陽は、戦争に勝ってる国にも、負けてる国にも、同じように、光を送って来た。

トットちゃんは、いま、鎌倉《かまくら》の、おじさまの家から、夏休みが終わるので東京の自分の家に帰って来たところだった。

トモエでの、楽しかった野宿《のじゅく》や、土肥《とい》温泉への旅などは、もう、何も出来なかった。学校のみんなと一緒のあの夏休みは、もう、二度と味わえそうになかった。そして、毎年、いとこたちと過ごす鎌倉の家も、いつもの夏とは、全《まった》く違っていた。毎年、みんなが、こわくて泣いちゃうくらい上手に、怪談《かいだん》をしてくれた親戚《しんせき》の大きいお兄さんが、兵隊に行ってしまった。だから、もう、怪談は、無しだった。それから、アメリカでの、いろんな生活の話を、本当か嘘《うそ》か、わからないくらい面白く話してくれる、おじさまも、戦地だった。この、おじさまは、第一級の報道カメラマンで、名前を、田口修治《たぐちしゅうじ》といった。

でも、「日本ニュース」のニューヨーク支社長や「アメリカ・メトロニュース」の極東《きょくとう》代表をしてからは、シュウ・タグチ、としてのほうが有名だった。この人は、トットちゃんのパパのすぐ上のお兄さんで、本当の兄弟だけど、パパだけが、パパのお母さんの家の姓《せい》をついだので、名前が違うわけで、本当なら、パパも、「田口さん」になるはずだったんだけど。

この、おじさまの写した「ラバウル攻防戦《こうぼうせん》」とか、その他の、いろんなニュース映画は、次々と映画館で上映されていたけど、戦地から、フィルムだけが送られて来るのだから、おばさまや、いとこたちは、心配していた。なぜって、報道カメラマンは、いつも、みんなの危険なところを撮《と》るのだから、みんなより、もっと先に行って、ふり返って待っていて写さなければ、ならないからだった。あとから行ったのでは、みんなの後姿《うしろすがた》しか、撮《と》れないからだった。道がなければ、みんなより先に、道のないところを、かきわけて、先か、または、横に行って撮るのが仕事だった。みんなの作ってくれた道を行ったのでは、こういう戦争中のニュースは撮れないのだと、親戚の大人たちは、話していた。鎌倉の海岸も、なんとなく、心細そうだった。

そんな中で、おかしかったのは、この、おじさまの家の一番上の男の子の、寧《や》っちゃん、という子だった。トットちゃんより、一歳くらい下だったけど、寝る前に、トットちゃんや、他の子供たちの寝るカヤの中で、「天皇陛下、ばんざい‼」といって、ばったり倒《たお》れて戦死する兵隊さんの、まねを、何度も真剣にやるんだけど、それをやった晩は、なぜか、必ず、ねぼけて、夜中に、縁側《えんがわ》から落ちて、大さわぎに、なるのだった。

トットちゃんのママは、パパの仕事があるので、パパと東京だった。さて、夏休みが終わる今日、ちょうど、東京に帰る大きい親戚のお姉さんが来ていたので、トットちゃんは、いま、家まで連れて帰って来ていただいたところだった。

家に帰ったトットちゃんは、まず、いつものように、犬のロッキーを探した。でも、ロッキーは、どこにも見えなかった。家の中には勿論《もちろん》、庭にも、パパの趣味《しゅみ》の蘭《らん》なんかがあった温室にも。トットちゃんは心配になった。いつもなら、トットちゃんが、家の近くまで帰って来ただけで、どっかから、飛び出して来るロッキーなんだから……。トットちゃんは、家を出て、ずーっと、外の通りのほうまで行って、名前を呼んだけど、どこからも、あの、なつかしい目や耳や、しっぽは見えなかった。トットちゃんは、自分が外に出ているうちに、家に帰ってるかも知れないと思って、走って帰ってみた。でも、まだ帰って来ていなかった。トットちゃんは、ママに聞いた。

「ロッキーは?」

さっきから、トットちゃんが走りまわっているのを、知っているはずのママは、だまっていた。トットちゃんは、ママのスカートを引っぱって聞いた。

「ねえ、ロッキーは?」

ママは、とても答えにくそうに、いった。

「いなくなったの」

トットちゃんは、信じられなかった。

(いなくなった?)

「いつ?」

トットちゃんは、ママの顔を見て聞いた。

ママは、どうしたらいいか……という風《ふう》な悲しい感じで、いった。

「あなたが、鎌倉に出かけて、すぐ」

それから、ママは、いそいで、つけ足した。

「随分《ずいぶん》さがしたのよ。遠くまで行ってみたし、みんなにも聞いてみたけど、どこにも、いないのよ。あなたに、なんていったら、いいか、ママは考えていたんだけど……。ごめんなさいね……」

そのとき、トットちゃんは、はっきりと、わかった。

ロッキーは、死んだんだ。

（ママは、私を悲しませないように、いってるけど、ロッキーは死んだんだ）

トットちゃんには、はっきりしていた。今まで、トットちゃんが、どんなに遠くに出かけても、ロッキーは、絶対に、遠出《とおで》をすることは、なかった。なぜなら、トットちゃんが、必ず帰って来ることを知っていたからだった。

（私に、なにもいわずに、ロッキーが出かけて行くなんて、絶対に、ない）

それは、確信《かくしん》に近かった。

トットちゃんは、それ以上、ママに何もいわなかった。ママの気持ちは、充分に、わかったからだった。トットちゃんは、下をむいたまま、いった。

「どこに行ったのかなあー」

そういうのが、せい一杯《いっぱい》で、トットちゃんは、二階の自分の部屋に、かけこんだ。ロッキーのいない家の中は、よその家のようにさえ、思えた。トットちゃんは、部屋に入ると、泣きそうになるのを我慢《がまん》して、もう一度、考えてみた。それは、ロッキーに対して、なにか、〝意地悪なこととか、家を出ていくようなことをしなかったか、どうか？〟ということだった。

小林先生は、いつも、トモエの生徒に、いっていた。

「動物を、だましちゃ、いけないよ。君達を信じてる動物を、裏切るようなことを、しちゃ、可哀《かわい》そうだからね。犬なんかに〝お手をしたら、お菓子をやるよ〟、なんて、いって、お手をさせて、何もやらなかったりするなよ。犬は、君達を信じなくなるし、性格が悪くなるからね」

このことを守っているトットちゃんは、ロッキーを、だますようなことは、していなかったし、思いあたることは、まったく、なかった。

そのとき、トットちゃんは、床においてある、熊《くま》のぬいぐるみの足に、くっついているものを見た。いままで、我慢《がまん》していたトットちゃんは、それを見ると、声をあげて、泣いた。それは、ロッキーの、薄茶色の毛だった。トットちゃんが、鎌倉に出発する朝、ロッキーと、ここで、ふざけて、ころがったりしたとき、ロッキーから、抜け落ちた毛だった。その、ほんの数本の、シェパードの毛を、手に握りしめたまま、トットちゃんは、いつまでも、いつまでも、泣いた。涙も、泣く声も、どうしても、止まらなかった。

泰明《やすあき》ちゃんに続いて、トットちゃんは、また、親友を、なくしてしまった。

茶《さ》話《わ》会《かい》

トモエで、みんなから人気のある、小使いさんの良《りょう》ちゃんが、とうとう出征《しゅっせい》することになった。生徒より、ずーっと、大人で、おじさんだったけど、みんなは、親しみをこめて、

「良ちゃん!!」

と呼んだ。そして、良ちゃんは、みんなが困ったときの、助けの神様だった。良ちゃんは、なんでも出来た。いつも、だまって笑っているけど、困って助けの要《い》る子の必要とするものを、すぐ、わかってくれた。トットちゃんが、トイレの汲《く》み取《と》り口の、地面にあるコンクリートの蓋《ふた》が、開いているのに気がつかなくて、遠くから走ってきて、胸までドップリ、落っこちたときも、すぐ助けてくれて、いやがりもしないで洗ってくれたのも、良ちゃんだった。

小林校長先生は、出征して行く良ちゃんのために、

「茶話会をしよう」

といった。

「サワカイ？」

なんだろう？　みんなは、すっかり、うれしくなった。なんにも知らないことを知るのは、うれしいことだから。勿論《もちろん》、子供たちには、「送別会」とせずに、「茶話会」とした、小林先生の配慮《はいりよ》までは、わかっていなかった。送別会といったら、（それは、悲しい）と、初めから、大きい子には、わかってしまうに違いなかった。でも、「茶話会」は、誰も知らなかったから、みんな興奮した。

放課後、小林先生は、みんなに講堂に、お弁当のときのように、机を、まるく並べるように、といった。みんなが、まるくなって、すわると、小林先生は、みんなに、スルメの焼いた細いのを、一本ずつ、配《くば》った。これでも当時としては、大御馳走《おおごちそう》だった。それから、先生は、良ちゃんと並《なら》んですわると、コップに入った、少しのお酒を、良ちゃんの前においた。出征していく人だけに、配給になる、お酒だった。校長先生は、いった。

「トモエで初めての、茶話会だ。楽しい会にしようね。みんな、良ちゃんに、いいたいことがあったら、いってください。良ちゃんだけじゃなく、生徒に、いってもいいよ。一人ずつ、まん中に立って、さあ、始めよう」

スルメを、学校でたべるのも初めてなら、良ちゃんが、みんなと一緒にすわるのも、それから、お酒をチビチビやる、良ちゃんを見るのも初めてだった。

次々に、みんなは、良ちゃんのほうをむいて立つと、考えをいった。初めのうちの、誰かは、「いってらっしゃい」とか、「病気しないでね」、とか、いう風《ふう》だったけど、トットちゃんのクラスの右田《みぎた》君が、

「今度、田舎《いなか》から、葬式《そうしき》まんじゅう、持ってきて、みんなにあげます‼」

なんて、いった頃から、もう、大笑いになった。（だって、右田君は、もう一年も前から、そのまえに田舎で喰《た》べた、この葬式まんじゅうの味が忘れられなくて、ことあるごとに、みんなに、「くれる」、と約束してたんだけど、一度も、持ってきてくれたことがないからだった）

校長先生は、初め、この右田君の「葬式まんじゅう」という言葉を聞いたときは、（どきっ‼）とした。ふつうなら、縁起《えんぎ》が、悪い言葉だから。でも、右田君が、実に無邪気《むじゃき》に、「みんなに、おいしいものを喰べさせたい」という気持ちを現わしているのだから、と、一緒に笑った。良ちゃんも、大笑いした。良ちゃんも、もう、ずーっと、「持って来てやる」、と、右田君から、いわれていたからだった。

大栄《おおえ》君は、

「僕《ぼく》は、日本一の園芸家《えんげいか》になります」

と、約束した。大栄君は、等々力《とどろき》にある、物凄《ものすご》く、大きい園芸家の子供だった。青木恵子ちゃんは、だまって立つと、いつものように、恥ずかしそうに笑って、だまって、おじぎをして、席にもどった。トットちゃんは、出しゃばって、まん中にいくと、恵子ちゃんの、おじぎに、つけ足した。

「恵子ちゃん家《ち》の、ニワトリ、空を、とぶんでーす。私は、この間、見ましたよ！」

天寺《あまでら》君がいった。

「ケガした猫や、犬がいたら、僕のところへ持ってきてね。なおして、あげるから」

高橋君は、机の下を、あっ！　という間に、くぐって、まん中に立つと、元気にいった。

「良ちゃん、ありがとう。いろんなこと、全部、ありがとう」

税所《さいしょ》愛子さんは、

「良ちゃん、いつか、ころんだとき、包帯《ほうたい》してくださって、ありがとう。忘れません」

といった。税所さんは、日露《にちろ》戦争で有名な、東郷元帥《とうごうげんすい》が大叔父《おおおじ》さまにあたり、また、明治時代の、おうたどころの歌人として知られた税所敦子《あつこ》の親戚でもあった。

（でも、税所さんは、自分で、そういうことを口に出すことは、一度もなかった）

ミヨちゃんは、校長先生の娘だから、一番、良ちゃんと、親しい間柄《あいだがら》だった。そのせいか、涙が、目に、いっぱいになった。

「気をつけて行ってね、良ちゃん。手紙、書くわね」

トットちゃんは、あんまりたくさん、いいたいことがあって、困った。でも、これに決めた。

「良ちゃんが行っちゃっても、私たちは、毎日、サワカイ、やりまーす‼」

校長先生も良ちゃんも笑った。みんなも、トットちゃんまで笑った。

でも、このトットちゃんのいった事は、次の日から、本当になった。みんなは、ひまがあると、グループになって、「サワカイごっこ」を始めた。スルメのかわりに、木の皮などを、しゃぶりながら、お酒のつもりの、お水の入ったグラスを、チビチビやりながら、

「葬式まんじゅう、持ってくるからね」

とかいっては、笑って、自分たちの気持ちを発表しあった。たべものがなくても、サワカイは、楽しかった。

この「サワカイ」は、良ちゃんが、トモエに残してくれた、すばらしい贈《おく》りものだった。そして、そのときは、みんなが考えてもいなかったことだけど、これが、実は、そのあと、みんなが、別れ別れになってしまう前の、トモエでの最後の、心の通《かよ》いあう、楽しい、お遊びだったのだ。

良ちゃんは、東横線に乗って、出発した。

やさしい良ちゃんと入れ違いに、アメリカの飛行機が、とうとう、東京の空に現われて、毎日、爆弾を、落としはじめた。

さよなら、さよなら

トモエが焼けた。

それは、夜のことだった。学校に続いている、校長先生の家にいたミヨちゃんや、お姉さんのみさちゃんや、ミヨちゃんのお母さんは、九品仏《くほんぶつ》の池のそばの、トモエの農園に逃げて、無事だった。

B29の飛行機から、焼夷弾《しょういだん》は、いくつも、いくつも、トモエの、電車の校舎の上に落ちた。

校長先生の夢だった学校は、いま、炎《ほのお》に包まれていた。先生が何よりも愛した子供たちの笑い声や、歌声のかわりに、学校は、恐ろしい音をたてて、くずれていく。もう、手のつけようもないくらい、その火は、学校を焼いた。自由が丘の、あっちこっちにも、火の手が、あがった。

その中で、校長先生は、通りに立って、トモエの焼けるのを、じーっと、見ていた。いつものように、少しヨレヨレの、でも、黒の三《み》つ揃《ぞろ》いだった。上着のポケットに、両手をつっこんだ、いつもの形だった。校長先生は、火を見ながら、そばに立っている息子の、大学生の巴《ともえ》さんに、いった。

「おい、今度は、どんな学校、作ろうか？」

巴さんは、びっくりして、小林先生の言葉を聞いた。

小林先生の子供に対する愛情、教育に対する情熱は、学校を、いま包んでいる炎より、ずーっと大きかった。先生は、元気だった。

その頃、トットちゃんは、満員の疎《そ》開《かい》列車の中で、大人にはさまれながら、寝ていた。汽車は、東北に、むかっていた。トットちゃんは、別れぎわに、先生が、いったこと、

「また逢おうな！」

それから、いつも、いつも、いい続けてくださった、

「君は、本当は、いい子なんだよ」

（……このことを忘れないようにしましょう）

と、暗い窓の外を見ながら、考えた。そして、

（いつか、また、すぐ小林先生に逢えるんだから）

と安心して、寝たのだった。

汽車は、闇《やみ》の中を、不安の人達をのせ、音をたてて、走っていた。

あとがき

トモエのことを書く、というのは、長い間、もっとも、私がしたいと思っていたことの、ひとつでした。読んで下《くだ》さって、本当に、ありがとうございました。この中に書いたことは、どれも作りものじゃなく、実際にあったことでした。そして、ありがたいことに、私は、いろんなことを、忘れていませんでした。それを、書いておきたい、ということと、もうひとつ、この本の「約束」の章で、私は、「大きくなったら、トモエの先生になってあげる」、と小林先生と約束をしました。それなのに、その約束を実行しませんでした。ですから、せめて、こういう小林先生という人がいて、どんなに子供に対して深い愛情を持っていたか、子供たちを、どんな風《ふう》に教育したか、ということを、具体的に、お伝えしなくちゃ、と思ったんです。

悲しいことに、小林先生は、昭和三十八年、今から十八年前に亡くなってしまいました。生きてらしたら、もっともっと、いろんなこと、教えて頂《いただ》けるのに、と残念です。

そして、こうやって、書きだしてみますと、若い頃は、ただ、楽しい思い出として残っていたトモエが、いまごろになって、

「ああ、小林先生は、こういうつもりだったんだ!」とか、

「先生は、こんなことまで考えていて下さったのか……」、とわかってきて、そのたびに、驚き、感動し、ありがたく思えるのです。私のことでいえば、「君は、本当はいい子なんだよ」、といい続けて下さった、この言葉が、どんなに、私の、これまでを支《ささ》えてくれたか、計《はか》りしれません。もし、トモエに入ることがなく、小林先生にも逢わなかったら、私は、恐らく、なにをしても、「悪い子」、というレッテルを貼《は》られ、コンプレックスにとらわれ、どうしていいかわからないままの、大人になっていた、と思います。

トモエは、昭和二十年の東京大空襲《だいくうしゅう》のときに焼けました。本当に、小林先生の私財で作った学校でした。ですから、再興には、時間が、かかりました。戦後、先生は、まず焼跡《やけあと》で幼稚園を始め、同時に、国立《くにたち》音楽大学の保育科（現在の幼児教育科）を創《つく》

るのに協力したり、また、国立《くにたち》音楽大学でリトミックを教え、ここに小学校が出来るときも、手伝いました。でも、先生の夢、理想の、ご自分の小学校を再び作る前に、六十九歳で、亡くなってしまったのでした。

昔、トモエのあった場所は、東横線の自由が丘の駅から歩いて三分、現在は、ピーコック・スーパーストアと、その駐車場になっています。この前、なつかしくて、まったく昔の面影《おもかげ》のないことは、わかっていましたが、車で行って、いま駐車場になっているあたり……電車の教室や、運動場だったとこ……を見ようと徐行《じょこう》しました。そしたら、駐車場のおじさんが、私の車を見て、「満車！　満車！　ダメ！　ダメ‼」と、叫びました。私は、

「いいえ、私の小学校のことを考えていたんです」、といいたかったけど、そんなこと、誰にもわかって頂けることじゃないから、と、いそいで、そこを離れました。でも、なんだか急に悲しくなって、走り出した車の中で、涙がポロポロとこぼれたのでした。

日本にも、沢山《たくさん》の、いい教育者のかたは、いらっしゃると思います。みなさん、理想も愛情も、夢も、お持ちと思いますが、それは実際のものとするのが、どんなに難《むず》

かしいか、私にも、よくわかります。小林先生にしても、このトモエ学園を始める前に、何年も何年も研究し、完全なものとして学校を始めたのが、昭和十二年。焼けたのが、二十年ですから、本当に短い期間でした。

でも、私のいた頃が、先生にとって、最も情熱が強く、先生のやりたいことが花開いた瞬間だったようで、その点、幸福だと思っています。でも、戦争さえなければ、どんなに沢山《たくさん》の生徒が、小林先生の手から世の中に出て行ったか、と思うと、勿体《もったい》ない、と、悲しい気持です。

小林先生の教育方針は、この本にも書きましたが、常に、

「どんな子も、生まれたときには、いい性質を持っている。それが大きくなる間に、いろいろな、まわりの環境《かんきよう》とか、大人たちの影響で、スポイルされてしまう。だから、早く、この『いい性質』を見つけて、それをのばしていき、個性のある人間にしていこう」というのでした。

また、先生は、自然が好きでした。子供たちの性格も、出来るだけ自然であることと、と考えてらしたようですが、実際の自然も好きで、末娘のミヨちゃんの話によると、小さいとき、いつも、

「自然の中のリズムを見つけよう」

という先生に連れられて散歩に出かけたのだそうです。先生は、そういうとき、いつも、大きな木のところに行って、風があたったときの木の葉や、木の枝の揺れかた、そして、一つの枝を見ると、次は、その上の枝と、その葉っぱ。また、みきとの関係、風の強さと弱さで、葉っぱの揺れかたは、どんなに違うか……。そういう事を、じーっと観察し、風が吹かなければ、いつまでも、上をむいて、立っていた、ということでした。これは、木だけではなく、川でも同じことで、近くの多摩《たま》川に出かけては、川の流れを見て、飽《あ》きることがなかったそうです。

それにしても、あの戦争中、こんな自由な小学校を、なぜ、文部省（現在の文部科学省）や、国が許したのか、と疑問をお持ちのかたも、いらっしゃると思います。くわしいことは、いまになっては、わかりませんが、確かなのは、なんといっても小林先生が、宣伝ぎらい、今でいうマスコミ嫌い、ということで、戦前でも、一度も、学校の写真を撮《と》らせるとか、「変った学校ですよ」、と宣伝することがありませんでした。そのおかげで、この小さい、全校生で五十人足らず、という小学校が、誰の目に触れることもなく、継続できたのではないでしょうか。

私たち、トモエの生徒だったみんなは、学年に関係なく、毎年、今でも、十一月三日＝あの素晴しい運動会だった思い出の日＝に、九品仏《くほんぶつ》のお寺のお部屋を拝借して集り、楽しい一日を過します。もう、みんな四十歳をすぎ、やがて五十歳になろう、という子供づれが、「サッコちゃん」とか、「大栄君《おおえ》！」とかいって、昔とかわらない、おつきあいをしているのです。これも、小林先生が、私たちに残して下さった贈りものです。

私が、前の小学校を退学になったのも、本当のことで、私は、あまり憶《おぼ》えていなかったのですが、チンドン屋さんのこととか、机のフタのことなどは、あとで母が話してくれた事でした。それでも私は、「本当かなあ？　私は、そんなに、ひどい子だって思ってなかったけど」、と、内心で思っていました。ところが、今から五年くらい前に、テレビ朝日の「奈良和モーニングショウ」で、御対面、というのがあり、「何方《どなた》か？」と思いましたら、その退学になった学校の、私と同じ一年生の、隣《となり》のクラスの受持ちの女の先生が、おいで下さったのです。その先生の話を伺《うかが》って、私は、びっくりしました。その先生の話は、こうでした。

「徹子さんは、隣のクラスの生徒さんでした。授業中、私は職員室に用事があることがあり、生徒に自習をさせて、廊下《ろうか》に出ますと、ほとんど毎日、あなたが廊下に立たされているんです。そして、私が通りかかりますと、徹子さんは、私を呼び止めて、『先生、私、立たされているんですけど、どうして？』とか、『私は、どんな悪いことをしたの？』とか、『先生はチンドン屋さん嫌《きら》い？』とか話しかけて来るので、困ってしまうんです。ですから、しまいには、職員室に用事があっても、戸を開《あ》けて見て、徹子さんが立たされていると、出るのをやめてしまいました。あなたの受持ちの先生も、よく職員室で、私に、『どうして、ああなんでしょう』、と話してらっしゃいましたよ。そんなわけで、あなたが後年テレビにお出になったとき、すぐ、お名前でわかりました。あんな昔のことなのに、あなたの一年生の頃のことは、はっきりと、おぼえていましたから……」

（立たされていた？）私は、全く自分で憶えていなかったことなので、びっくりしましたが、同時に、朝早いテレビなのに出て来て下さった、白髪で優《やさ》しそうな先生の若い姿と、廊下で立たされているのにもかかわらず、なお、「知りたがりのテツコちゃん」ぶりを発揮している自分の姿を想像し、おかしくもあり、同時に、やはり退学は、本当だったのだ、と納得《なっとく》したのでした。

ここで私は、私の母に、心からの感謝を伝えたいと思います。それは、「退学になった」、という事実を、私が二十歳すぎまで話さないでくれた、という事です。

二十歳を過ぎた、ある日、母が、

「あのとき、どうして小学校かわったか、知ってる？」と聞きました。私が、

「ううん？」というと、母は、「本当は退学になったのよ」、と軽い感じでいいました。

もし、あの一年生のとき、

「どうするの？　あなた、もう退学になっちゃって！　次の学校に入ったって、もし、また退学にでもなったら、もう行くところなんか、ありませんからね!!」

もし、こんな風《ふう》に母にいわれたとしたら、私は、どんなに、みじめな、オドオドした気持で、トモエの門を、あの初めての日に、くぐった事でしょう。そしたら、あの、根の生《は》えた門も、電車の教室も、あんなに、楽しくは見えなかったに違いありません。こういう母に育てられた事も私は幸せでした。

戦争中なので、あまりトモエの写真はありません。少しある中で面白いのは、卒業

式の写真です。講堂の正面の階段のところで、たいがい卒業生は写真を写したのですが、

「写真だ！　写真だ！」ということで卒業生が並ぶと、在校生も一緒に写りたがって、あっちからも、こっちからも顔を出したので、出来上った写真は、誰が本当の卒業生かわからず、みんなで集っては、

「これは、誰のクラスの卒業のときのだ」、と研究するありさまです。でも、小林先生は、そういうとき、なにもおっしゃいませんでした。卒業式という決まった写真より、みんなが生き生きと、自由に写っているほうがいい、と考えていらしたのでしょうか。そして、今になれば、これほど、トモエらしい写真はない、と思えます。

トモエのことで書くことは、まだ沢山ありました。でも、とにかく、こういう、トットちゃんみたいな女の子でも、まわりの大人のやりかたによって、なんとか、みんなとやっていける人間になれる、という事を知って頂けたら、と思っているのです。

そして、もし、今でもトモエがあったら、「登校拒否する子なんて、一人もいないだろうな」、と考えます。だって、トモエでは、みんな学校が終っても、放課後、家に帰りたくないぐらいだったんですから。そして、また、次の朝は、早く学校に行き

たくて、待ち切れないくらいだったんです。トモエというのは、そういう学校でした。

このトモエで、私と一緒に電車の教室で、旅をした仲間が、その後どうなっているか、わかってることだけ簡単に書いておきます。

高橋君（高橋　彰）

運動会で、いつも一等だった高橋君は、小学校低学年の時の身長のまま、あの国学院久我山高校（ラグビーが強いのでも有名）に、みごと入学、それから、明治大学の電気工学部に進み、卒業しました。

現在は、浜名湖のそばにある、安藤電気株式会社の「調査役」。重要なポジションです。会社の中の人たちの和をはかること。そのためには、みんなの苦労や悩みを聞いて問題を解決する。人の苦労が、身をもってわかる高橋君だからこそ、うまくいくのでしょう。そしてまた、明るくて魅力的な高橋君の性格も大きな力になってると思います。そして、もう一つ、この会社のＩＣの大型機械というものを、うまく使いこなせるように、その技術を、後輩に指導する、という専門の仕事もあります。

この本を書くことになって、浜松に行き、高橋君と、それからトモエのことは、もう御自分もそこにいたように御存知《ごぞんじ》の、やさしく、高橋君のよき理解者である奥様とにお逢いして、お話を聞きました。とにかく、高橋君は、「肉体的なハンディキャップによるコンプレックスを、本当に持っていない」、と話してくれました。確かにそうだと思います。もしコンプレックスがあったらこういう高校や大学や、まして、「人の和をはかる」というようなポジションにつくことは、とても難しいと思います。「トモエに最初に行った日のこと」の高橋君の話も印象的でした。それは「他《ほか》にも、自分のような子がいるのを見て安心した」ということです。そんなわけで、トモエには最初の日から安心して行けて、それからは、もう毎日が楽しくて、一度だってズル休みなんてしたいと思わなかった。プールで裸になるのも、初めは恥ずかしかったけど、一枚ずつ洋服をぬぐたびに羞恥心《しゅうちしん》も、一枚ずつ、はがれるようになくなっていき、人の前に出ることも、恥ずかしくもなんともなくなった。小林先生は、高橋君の背より、ずーっと高い飛び箱でも、「大丈夫！　君は、跳《と》べるよ‼　絶対できるからね！」といって、最終的なところだけ手を貸してくれたけど、ほとんど、高橋君が跳んだような風《ふう》に思わせ（いま思うと）、自信をつけてくれた。跳べたときの喜びは、たとえようもなかった。そして、うしろにひっこんでいると、前につまみ出されるから、積極的にならざるを得なかった。勿論《もちろん》、あの運動会の晴れがましい嬉《うれ》しさは、今でもはっきり憶《おぼ》えている……。

小学生のときと、ちっとも変っていないキラキラ光る目と、思慮深い声で、高橋君は、次々と、こんな風《ふう》に、トモエでのこと、話してくれました。

お家での教育がよかったことも、高橋君の性格をますます素晴《すば》らしくしたと思います。それにしても、目先のことじゃなく、何十年もの先を考えて私達を育てて下さった小林先生。先生が私に「君は、本当はいい子なんだよ」、といい続けて下さったと同じように、高橋君も、「君は絶対できるからね」という先生の言葉でやって来たに違いないんです。浜松で別れぎわに、高橋君は、私が全く憶《おぼ》えていなかったこと……トモエで高橋君が、校庭の外なんかでよく、よその学校の子に苛《いじ》められて、しょげて中に入って来ると、私が「どしたの？　どの子がやったの？」と聞くが早いか飛び出して行って、しばらくすると走ってもどって来て、「高橋君！　もう大丈夫だからね」、といった、ということ……を話してくれました。「あのとき、とてもうれしかったよ」、と高橋君は別れるときに、もう一度、いってくれました。私は忘れてたことなんだけど、おぼえていてくれて、ありがとう。

ミヨちゃん（金子ミヨ）

校長先生の三女のミヨちゃんは、国立《くにたち》音楽大学の教育科を卒業。現在、国立《くにたち》音楽大学附属小学校の講師で、「音楽」を教えています。「小さい子を教えたい」という、小林先生と同じ考えを持って小さい子供に接しています。小林先生は、このミヨちゃんが、三歳くらいになって、リズムに合わせて歩いたり、体を動かしたり、いろいろお喋《しゃ》べり出来るようになったりを、いろいろ参考にして、「子供」と接してもいたようです。

サッコちゃん（松山朔子）結婚して（斎藤朔子）

初めての日、兎《うさぎ》のジャンパースカートをはいた目の大きいサッコちゃんは、当時、女の子にとって、最も難かしい学校のひとつ、都立第六高女（現在の三田高校）に、らくらくパス。続いては、東京女子大の英文科に。卒業後は、お茶の水のYWCAの小学生の英語講師を。それは、いまも続いていて、特に夏のキャンプなどでは、トモエでの経験を生かして大活躍。アルプスの穂《ほ》高《たか》に登ったとき、めぐり逢った現在の御主人と結婚。大学三年生の息子の母でもあります。ちなみに、息子さんの名前は、穂高を記念して保高《やすたか》といいます。
泰《たい》ちゃん（山内泰二）
私をお嫁《よめ》さんにしてくれない、といった泰ちゃんは、いま日本を代表する物理学者となりました。アメリカに住んでいますが、いわゆる「頭脳流出」といわれる一人です。
東京教育大学（現在の筑波大学）の理学部、物理学科を卒業。同大学院で修士号をとってから、フルブライト交換学生でアメリカに行き、五年後にローチェスター大学で博士号をとりました。そのまま大学に残って高エネルギー実験物理の研究を続け、現在、世界最大といわれる、アメリカのイリノイにある「フェルミ国立加速研究所」という、物理に関心のある人なら誰でも知っている物凄《ものすご》いところの、副所長をしています。なにしろ、ここはアメリカ中の五十三の大学から頭のいい人が集まって作った研究所で、物理学者が百四十五人、技術者スタッフ千四百人という巨大な研究所です。ここの副所長で、しかも物理部長も兼ねている、というのですから、泰ちゃんの天才的なところは、おわかり頂けると思います。この研究所は四年前に最大エネルギー五〇〇〇億電子ボルトの運転に成功し、世界中の注目をあびたところでもあります。また泰ちゃんは、最近、コロンビア大学の教授と共同で、「ウプシロン」というものを発見し、人によっては、「ノーベル賞！」と思ったくらいでした。恐らく、将来ノーベル賞をとるのは間違いない、と私は思っています。奥さまは、女性として、数学で優秀な成績でローチェスター大学を卒業した才媛《さいえん》です。

　こういう物理と数学という優秀な御夫婦だけど、たまには、二人の息子さんもまじえて、家族でチェロ、ピアノ、ヴァイオリンといった、それぞれの得意な楽器で、家庭演奏会もする、といった芸術家族でもあります。

　それにしても、もともと頭がよかった泰ちゃんなのだから、どこの小学校に行っても、現在のようになっていたかも知れません。でも、朝、学校に行くと「自分の好きな科目からやっていい」というトモエ方式が、その才能を、もっとのばしたようにも思えるのです。だって、授業中の泰ちゃんといったら、いつもいつもアルコール・ランプやフラスコや試験管のそばにいるか、自分の席で難かしそうな科学や物理の本を読んでる姿しか、私には、絶対に思い出せないんですから。

　大栄《おおえ》君（大栄国雄）

　私のおさげを引っぱって小林先生に叱られた子。でも、高橋君の「しっぽ」の件では、素晴しいニュースを私にくれました。
　この大栄君は、現在、日本有数の「東洋蘭《らん》の目きき」です。話によると、東洋蘭というのには一株、数千万円もするのがあって、そのために、この「目きき」というのが必要なのだそうです。そして、販売も、培養《ばいよう》も難かしさを極《きわ》めているのですが、大栄君は、いつの間にか、そういう事を会得《えとく》して、日本中を飛行機と汽車でとび廻っています。この「あとがき」を書くために、旅先から、いま帰ったという大栄君を電話でつかまえました。
私「あなた、学校、どこだっけ？」
大栄君「どこも行ってないよ」
私「行ってないって、じゃ、トモエでおしまい？」
大栄君「そう」
私「え？　中学も行かなかったの？」
大栄君「ああ。疎開先の大分《おおいた》で、大分《おおいた》中学にすこし行ったけど……」
まあ、なんて、のん気なこと。戦前は、等々力《とどろき》の大部分をしめる大きな園芸家「賛《さん》花《か》園」の坊《ぼ》っちゃんだったけど、戦争で全部、焼けてしまった。でも、大栄君は、実に、おおらかです。そのときの電話のつづき。
大栄君「そんなことよりさ、花の中で一番いい香《にお》いの花って知ってる？　僕は、中国の『春蘭《しゅんらん》』だと思う。これほどの香《かお》りはね、どんな香水でも、かなわないんじゃないかな？」
私「春蘭て高いの？」
大栄君「うん、高いのも、安いのもあるさ」
私「東洋蘭の花って、どんなの？」
大栄君「そうね。東洋蘭て、しぶい花なんだよ。でも、それが、いいんだね」
トモエの頃と全く変らない、のんびりとした大栄君の声を聞きながら、私は（大栄君は、中学中退でも、なんにも恥ずかしがっていない。自分で研究し、自分で開拓し、本当に好きな仕事をやっているから、自信を持っているんだ）と、感動したのでした。
天寺《あまでら》君（天寺和男）
動物好きの天寺君の小さい時の夢は、獣医《じゅうい》さんになって、牧場を持つ、という事でした。でもとても残念なことに、お父さまが急に亡くなったために、その夢は捨てなくちゃならなくなり、日大の獣医畜産《ちくさん》専門学校から、百八十度の転換《てんかん》をして、慶応《けいおう》病院につとめ、現在は、自衛隊の中央病院で、臨床《りんしょう》検査という仕事に全力を注いでいます。

税所《さいしょ》さん　結婚して（田中愛子）

東郷元帥が大叔父さまにあたる税所さんは、青山学院の小学部から、途中でトモエに入って来ました。〝おっとりしたお嬢さん〟と、その頃、私などは思っていたけど、このときすでに、満州事変で、陸軍の近衛三連隊の少佐だったお父さまを戦死で亡くしていたのでした。鎌倉高女を卒業後、いまの御主人の建築家と結婚。現在、長男は建設会社につとめていて、次男も就職が決まったというので、ほっとしたところ。お歌など作る生活。

「やはり税所敦子《さいしょあつこ》の血をひいているから？」と私が聞いたら、「いいえ、そんなこと。おほほほほ」。そこで、「謙遜《けんそん》と、おっとりはトモエの頃のままね」といったら、税所さんは、すぐにいいました。「弁慶やった頃の体型は、そのままで、ございます！」。暖かい家庭が想像できる声でした。

右田昭一君

葬式まんじゅうで有名だった右田君は、都立園芸を出たけど、やはり子供のころから好きだった絵の勉強をしようと、武蔵野美術大学のデザイン科に入りなおし卒業。現在、グラフィックデザインの会社を、友だちと作ってがんばっています。

青木恵子《けいこ》ちゃん　結婚して（桑原恵子）

空を飛ぶニワトリを飼っていた恵子ちゃんは、慶応義塾の幼稚舎《ようちしゃ》の先生との結婚生活、なんと銀婚式を過ぎる！　すでに結婚したお嬢さんがいます。

この他、あとで入って来た同級生の、坂本敏子さん（現在、菅《すげ》　敏子）香蘭女学校卒業後、メイ・牛山ハリウッド・ビューティサロンで、三番目の古参のヘアードレッサー。

渡辺義治君　神奈川大学卒業のあと、サラリーマンに。

小林宗作先生の略歴も書いておきます。

小林宗作（本名・金子宗作）

明治二十六年六月十八日、群馬県吾妻《あがつま》郡に生まれる。小さい時から音楽が好きで、榛名山の見える家の前の川のほとりで、いつも、指揮棒を振って遊んでいたという。

六人兄姉の豊かではない農家の末っ子だったので、小学校を卒業すると、すぐ代用教員となり、検定試験で教員の免許《めんきょ》をとる（小学校を出ただけで、検定試験が受かる、というのは、よほど優秀だったに違いないと思います）。上京。牛込《うしごめ》小学校の先生となるかたわら、音楽の勉強をし、念願だった東京音楽学校（今の東京芸術大学）の師《し》範《はん》科に入学。卒業後、成蹊《せいけい》小学校の音楽教師になる。この学校の創立者、中村春二の教育方針が、小林先生に大きな影響をあたえる。中村春二は素晴しい人で、「教育は、どうしても小学校から、やらなければ！」、という考えを持っていて、生徒の数は、絶対に一クラス多くても三十人。そして自由な教育、子供の個性尊重に徹《てっ》する教育方針を、うち出した。例えば、勉強は午前中で終り、午後は散歩とか、植物採集、写生、先生の話を聞く、歌をうたう、といったように、後年、トモエで小林先生が実行したような授業方法だった。

その成蹊時代の小林先生の教え子に、後にピアニストになった井上園子、野辺地瓜丸《のべちうりまる》などがいた。

この学校で、小林先生は、生徒のために、子供のためのオペレッタを作った。それを、このユニークな学校の創立者でもあり、その頃、山田耕筰《やまだこうさく》など、数多くの芸術家を財政の面で援助していた、三菱財閥《ざいばつ》、の岩崎小弥太男爵（エリザベス・サンダース・ホームの沢田美喜さん〈故人〉のお父様のいとこ）が見て感動し、ヨーロッパでの教育を視察するための費用を援助しよう、という事になった。丁度《ちょうど》そのころ、音楽教育、児童教育に、いろいろ悩みを持っていた小林先生は、よろこんでこの申し出を受け、第一回のヨーロッパ留学に出発する。大正十二年、先生が三十歳のときでした。

それから「リトミック」の章で書いたように、世界中に大きな影響をあたえたダルクローズのパリの学校で直接ダルクローズから学び、その他、いろいろの学校などを見て歩き、二年後、日本に帰ってくる。帰るとすぐ、小林先生の幼児教育に全面的に共鳴した、小原国芳《おばらくによし》と、成城幼稚園を創る。のちに、小原先生は玉川学園を創り、小林先生は、トモエを創ることになるのですが。

この幼稚園で小林先生は、「子供を先生の計画に、はめるな。自然の中に放り出しておけ。先生の計画より子供の夢のほうが、ずっと大きい」と、保育の先生にいいわたし、小林先生は、従来の幼稚園と全くちがった幼稚園を、ここに創った。

昭和五年、小林先生は、二回目のヨーロッパに出発する。実際に教えてみて、もう一度、リトミックを勉強する必要があると思ったので、ダルクローズのところへ再び。それから、いろいろ視察し、本格的に自分の学校を創る事を決め、一年後に帰国。

昭和十二年、トモエ幼稚園とトモエ学園（小学校）を創立する。日本リトミック協会も設立した。

小林先生を、「リトミックを日本に普及《ふきゅう》させた人」として知っている人、また研究している人は多いけど、子供の教育の具体的な例を知っている人、となると、当時の私達のほか、ほんの少しになりました。三年前、小原先生は亡くなりましたし、この本に出て来る丸山先生も、そして、先生と同じ頃ダルクローズについて勉強した石井漠さんも、もう亡くなりました。

戦後の小林先生から教えを受けた人の中には、「先生が無口の人だった」という印象を持ってる人もいらっしゃると伺いました。トモエの頃の、あの、よく話して下さった先生のことを思い出すと、戦後、先生は、いろいろ悲しいことが多かったのじゃないか、と、私も悲しくなるのです。そして、小林先生は、先にも書きましたが、トモエの焼けたあと、国立《くにたち》幼稚園の園長とか国立《くにたち》音楽大学の講師など、いろいろなさいましたが、自分流の、あのトモエのような小学校を創る前に、亡くなってしまったのです。空襲で焼けるトモエを見ながら、「今度は、どんな学校、創ろうか」と、おっしゃった先生の情熱が、再び、よみがえる前に。

これが、とても簡単ですが、小林先生の略歴です。もっとくわしく書けば、東洋英和女学院、石井漠舞踊学校、都立保母学校、東京都保母養成所などの、講師も長いことなさったとか、いろいろあるのですが。トモエ幼稚園の卒業生の中には、女優の池内淳子《じゅんこ》さんが。トモエ学園の私の先輩には、女優の津島《つしま》恵子さんが、いらっしゃいます。

あとがきが長くなりましたが、小林先生を、もっと知って頂くために、つけ加えておきます。いま私が出演しているテレビ朝日の「徹子の部屋」のチーフ・プロデューサーは、佐野和彦さんといいますが、このかたは、芸大の楽理科を出て、テレビ局の仕事を始めると同時に、子供に音楽を教える事も始めました。教えているうちに、いろいろな疑問が起って来ます。そんなとき、「小林宗作という素晴しい教育者がいた」、という事を聞き、その人が、どんな風《ふう》に教え、また、どんな人だったのかを、どうしても知りたくて、この十年間、国立《くにたち》の関係のかたとか、いろいろ話を聞き、随分、研究をしてきました。でも、どうしても具体的に、どういう風《ふう》に子供に接したのか、という事になると、それは、わかりませんでした。おかしいことに、私は「徹子の部屋」の前にもワイドショウの司会を何年もしていまして、その頃から佐野さんとお知り合いになりましたから、かれこれ十年になります。でも、その間、私は、佐野さんが小林先生を調べてる事は知らなかったし、佐野さんも、私が「素晴しい校長先生に育ててもらった」という事は知っていましたが、まさか、それが小林先生とは、夢にも思っていなかったんです。それが、この「トットちゃん」を書き始めたとき、突然わかって、佐野さんは、とび上って、よろこびました。「こんな身近なところに、長い間、探していた事を知ってる人がいた……」。

佐野さんが小林先生の事を、本当に調べよう、と思ったきっかけは、小林先生がリトミックを教えるときの子供のためにピアノの伴奏《ばんそう》をした女の人に、逢ったときでした。その女の人は、小林先生から、こういう風《ふう》にいわれたと、佐野さんにいいました。

「君、子供は、そんな風《ふう》には歩かないいんだよ」。つまり、子供の呼吸が、わかっていない！　と、小林先生は注意したのです。このひとことで、佐野さんは、小林先生の研究を始めたのです。佐野さんの繊細《せんさい》な感覚とリサーチで、小林先生の、もっと、くわしいことがわかるといい、と、私は楽しみにしています。

出征した用務員さんの良ちゃんは、元気に帰って来ました。そして、今でも十一月三日には、必ず私達と一緒に集ります。

「窓ぎわ」という題名にしたのは、これを書き始めた頃、「窓ぎわ族」という言葉が、流行しました。なんとなく疎外《そがい》されている。もはや第一線ではない。そういう響きが、そこにありました。私はチンドン屋さんを待つために、いつも窓ぎわにいました。どことなく疎外感も、初めの学校では感じていました。そんなわけで、こういう題名にしたのです。トットちゃんについては、本文で説明しました。


この本が出来上るまでのことですが、まず、この美しく可愛い絵の作者、いわさきちひろさんに感謝します。残念なことに、ちひろさんは、七年前にお亡くなりになりました。でも、約七千点の素晴しい絵を、お残しになりました。御存知のように、ちひろさんは、子供の絵の天才でした。恐らく世界中でも、こんなに生き生きと子供を描く画家は、いないと思います。子供なら、どんなポーズでも、また、六ヵ月の赤ちゃんと九ヵ月の赤ちゃんを、ちひろさんは描きわけられたのです。いつも子供の味方、子供の幸福を願っていた、ちひろさんの絵を、このトモエの本を書くときに使わせて頂きたい、これは、私の夢でした。それが実現して、こんなにうれしい事はありません。そして、あまり私の文章と、ちひろさんの絵が合っているために、「亡くなる前に、少し描いていらしたの？」とお思いのかたも、いらしたのです。つまり、それくらい、ちひろさんは、いろんな子供、子供らしい子供を、お描きになっていたのでしょう。この「窓ぎわのトットちゃん」は、一冊にまとまるだけの分量を書き溜《た》める、という事は、とても難かしいので、わざと毎月、〆切りが来るように、ということで、講談社の「若い女性」に、一九七九年の二月から一九八〇年十二月まで二年間、連載したものを、まとめて頂いたものです。そのために、毎月、練馬区下石神井の、いわさきちひろ絵本美術館（私も理事をしている）に通って、ここの副館長であるちひろさんの息子さんの松本猛さんと、奥さまの由理子さんに手伝って頂いて絵を選ぶ、という事になり、毎月、二年間は、大変でしたが、沢山の原画を見られるチャンスでもあって、楽しいことでした。この若いお二人と、絵を使うことを、快く許して下さった、ちひろさんの御主人の松本善明さんにも、心からの感謝を、申しあげます。それから、この美術館の館長で、私に、「早く小学校のことと、校長先生のことを書いておおきなさい！」と、グズグズしてる私を、早くから、はげまして下さった劇作家の、飯沢匡先生にも、感謝の気持を、お伝えします。

もちろん、ミヨちゃんを始め、トモエのみなさんの協力は、本当に、ありがたかったです。

それから、二十年も前に、私が「婦人公論」に、ほんの短く書いたトモエの随筆を、いち早く見つけて、「一冊に書いてみませんか？」と、まだ、海のものとも山のものともわからない、若かった私のところに、二百字づめの原稿用紙を沢山《たくさん》もって逢いに来て下さった、講談社の加藤勝久さんにも、お礼をいいます。あの頃、学校のときの作文以外、あまり書いたことのなかった私に、加藤さんは、「自信」と、「いつかトモエのことを‼」という希望を、うえつけて下さいました。当時は精悍《せいかん》で、若い社員という感じの加藤さんでしたが、精悍さは変らないけど、二十年ぶりにお逢いしたら、いまは重役におなりでした。結局その時は、原稿用紙だけ頂いて、他のことに使っちゃって！　と、気になっていたのですが、二十年後、こういうはこびになって、とても嬉しいと思っています。

「若い女性」の時の担当だった長沢明さんも、二年間、毎月、ご苦労さまでした。

そして、「窓ぎわのトットちゃん」の連載の手はずと、このたび、一冊になるにあたって、「いい本にしましょうね！」と本当に力を入れて下さった講談社の岩本敬子さんに、「ありがとう」を申します。トモエのことを、とても、よく、わかって下さったかたと仕事をするのは、この上もなく幸福なことでした。

私が、これまで出した本、全部そうですが、この本の装幀《そうてい》もして下さった和田誠さんも、親切な、お一人です。

こうして、やっと、「窓ぎわのトットちゃん」が出来上りました。トモエは、もうないけれど、いま皆様に読んで頂いた間だけでも、トモエが、そこに昔のように、姿を現わせるとしたら、こんなうれしいことはありません。本当にありがとうございました。

一九八一年。――中学の卒業式に、先生に暴力をふるう子がいるといけない、ということで、警察官が学校に入る、というニュースのあった日。

文庫版あとがき

「窓ぎわのトットちゃん」の単行本が出てから今日まで、まだ三年しか経《た》っていないのに、あんまり、いろんなことが次々と起ったので、うれしいと同時に、びっくりしている、というのが本当のところです。私は、自分が大好きだった校長先生と、絶対に忘れることが出来なかったトモエ学園のことを書いたとき、こんなベストセラーになるだろう、なんて考えてもいませんでした。それが、発売後、一年間で四百五十万部。現在では、六百万部に近づこうとしています。

「日本の出版界で、初めてのことですよ」、といわれても、私には、実感として、よくわかりませんでした。でも、日本じゅうから、毎日、数え切れないお手紙が届き、それを読んでるうちに、(本当に、沢山のかたが読んで下さってるんだな)と、わかってきたのです。どのお手紙も、心を打たれるものでした。五歳から百三歳まで、あらゆる年代の方から頂《いただ》きました。

　そのなかで私は、小学生の手紙が多いのには驚きました。この本を書いたとき、小学校の低学年の小さい子供が読んで下さるとは思っていませんでしたけど、一応、念のため難しい漢字には、ルビをふっておきました。それにしても、活字ばなれしている、といわれてる時代、しかも小学校の二年生くらいから、字引《じびき》を、ひきひき読んで下さってる、とわかったときは、心から幸福《しあわせ》だと思いました。

　二年生の女の子は、体の不自由な子を町で見かけると、「泰明ちゃんだ！」とか、「トモエの子だ！」と思って、かけよって、「今日は！」、というのだそうです。そうして、その相手の子が「今日は！」といってくれるのが、なによりうれしい、と書いてくれました。トモエがあったのは、四十年も前のことなんですのにね、子供は素晴《すば》らしいと思います。また、〝トモエが焼《や》けた〟という最後のところを読んで、「戦争はよくない！」と、書いてくれた子供も沢山いました。それだけでも、私は、書いてよかった、と思ったのでした。

　それにしても、私は書き終ったとき、学校の先生や、若いお母さんなどが、

（ああ、こういう、本当に子供を愛し、信頼し、情熱を持った教育者がいたのか！）

と、読んで下さったらいいな？　ぐらいの気持だったんです。でも、本当をいうと、

「この競争社会の中で、こんな夢みたいなことといったって、仕様《しよう》がないじゃないか‼」

という現場の先生たちの反論があるのじゃないか？　と、想像もしていました。

ところが、本が出てすぐ、〝学校の給食の時間に、毎日、読んで聞かせています〟という沢山の小学校の先生や、〝絵の時間に、トットちゃんの、いろんな部分を読んできかせ、その中から、イメージをとらえて、描きなさい、と授業してます〟という小学校の絵の先生。それから、〝いまの学校教育のやりかたに挫折《ざせつ》して、転職を考えていましたが、もう一度、小林先生のような気持になって、やってみます〟という中学の先生から……。うれしいお手紙が、次々と舞いこみました。私は、涙が出る思いでした。（小林先生のこと、わかって下さった先生が、大勢いる……）そして、学校の教材に、いろいろな形として取りあげられているうちに、昨年から、小学校の三年生の国語の教科書に「畠の先生」、そして、四年生の道徳に「ボロ学校」が使われるようになりました。

でも、また悲しい手紙もありました。少年鑑別所《かんべつしょ》から、高校生の女の子でしたけど、「トットちゃんのお母さんのような人や、小林校長先生がいてくれたら、私は、こんな所に入っていないと思います……」。

「なぜ、こんなベストセラーになったのか？」マスコミが取りあげ、社会問題にもなりました。朝日新聞は「トットちゃん症候群《しょうこうぐん》」という、この本による、いろいろな影響を、シリーズで書いて下さいました。また驚いたことに、「トットちゃん」を出版した講談社と、全《まった》く別の出版社から、「トットちゃんベストセラー物語」という本が出版されました。あらゆる角度から、分析して、「なぜ、売れたのか？」を追求なさいました。

いずれにもせよ、日本の教育問題が、大変なところに来てしまって、みんなが（なんとかしなくちゃ）、と考えてるときに、この本が出たので、私は、そのつもりじゃなく書いたんですけど、「教育書」という風《ふう》に読まれ、それで、ベストセラーになったのは、間違いないようです。それと、あらゆる年代のかたが、その年代の読みかたで読んで下さったのも、数多く売れた事の原因のようです。

でも、これは、女性が作った、初めてのベストセラーとも、いわれました。ふつう、ベストセラーというのは、男の人から始まるそうですね。この本に対して、男の方《かた》は、かなり拒否反応が、あったようです。

〝表紙が女っぽい〟〝タレントが書いた〟〝ベストセラーになった〟。これだけで、もう、手をつけない男性が多かったことは、書評を書いて下さった、ほとんどの男の方が、

「……そんな理由で、読まないでいたのだが、家人《かじん》が、どうしても、すすめるので……」

と、書き出しにお書きになったので、わかったんです。でも、読み始めて下さった方たちは、本当に、必ず、いい書評を書いて下さいました。強くおすすめ下さった、家人の皆さん、本当に、ありがとうございました。

この本を出版する前から、私は、この本の印税をもとにして、日本では初めての、耳の不自由な方々の、プロの俳優による劇団を作ろう、と決めていました。私が年をとって一緒に行動できなくなったり、死んだりしたあとも、この劇団が続いていける

ように、私は、政府に、「社会福祉法人にしてほしい」と、おねがいを出してありました。

前例がないだけに大変でしたが、二十五年以上になる私のいろいろの福祉活動を認めて下さって、許可が、おりました。「社会福祉法人トット基金」が、発足しました。そして思いがけないベストセラー。私たち「日本ろう者劇団」は、行動を開始しました。トット基金の稽古場《けいこば》では、いま、二十人以上のろう者の俳優さんが、稽古をし、手話教室も開いています。

また昨年の七月には、念願だった、世界ろうあ者大会の演劇フェスティバルに、狂言を持って参加しました。イタリアのパレルモで、四十五ヵ国の皆さんの前で見事に演じました。日本のろう者の俳優が、外国で芝居をしたのは、これが初めてのことでした。これも、皆さまが、トットちゃんを読んで下さったからです。ありがとうございます。

そして、このトット基金のことや、ベストセラーということで、二年前の春、天皇陛下の春の園遊会に、ノーベル化学賞の福井謙一先生などと、御招待をうけました。そして陛下から、「本が、沢山、売れて良かったね」、と、思いがけなく、楽しいお言葉を頂きました。同じ一九八二年の十二月九日（日本では障害者の日と決まった日）に、この年が、国際障害者年であったので、鈴木総理から、表彰をうけました。また、「山本有三路傍《ろぼう》の石《いし》文学賞」を始め、いろいろな賞も頂きました。

この本の、映画化、テレビドラマ化、アニメ化、舞台化、ミュージカル化、数え切れない数の、お申しこみがありました。でも、私は、いわさきちひろさんの絵のおかげ、ということと、読んで下さった皆さんが、すでに、御自分のイメージで、御自分の絵を創《つく》っていらっしゃるので、それをうわまわる映像は難しい、と考え、すべて、おことわりしました。

一つだけ、シンフォニーにしたい、というオーケストラ、新星《しんせい》日本交響楽団のお申し出には賛成しました。音楽なら、想像自由ですもの。小森昭宏《こもりあきひろ》さんの作曲は、ことば以上に、私たちを感動させて下さいました。私がナレーションをして、新星日響の演奏、というコンサートを、いまも各地で、続けています。レコードも作りました。

一九八二年、トットちゃんが出版された次の年、ドロシー・ブリトンさんの素晴しい英語の翻訳が出来上りました。作曲家で詩人のドロシーさんの翻訳は、まるで私が書いたのと、同じリズム、感覚で、私は、この英語版を読んで、笑ったり、涙をこぼしたりしてしまいました。この英語版も、日本の国内では、四十万部という、英語の本のベストセラーの記録も作りました。

同時にアメリカでも発売されたので、私は、アメリカ一のトーク番組、ジョニー・カースンの「トゥナイト・ショウ」に、出演しました。会場のお客さまを、何回も笑わせることが出来たので、次の日から、アメリカのトーク番組や、ニュースショウから、沢山の出演依頼がありました。そして、アメリカで最も重要視されている、ニューヨーク・タイムズでの、日曜版の書評欄にも、最高の長い書評がのりました。また、本のことだけじゃなく、日本の女性で、テレビで活躍してる、というのが珍らしいらしくアメリカのマスコミに取りあげられました。タイム誌の日本特集では、一ページという大きいスペースをさいて、私のインタビューをのせて下さいました。

中国と韓国では、「トットちゃん」は、すでに翻訳され、出版されています。両国とも、日本と出版の協定がないので、知らなかったんですが、親切な中国人のかたが、日本人を通して送って下さいました。中国では、二種類か三種類の翻訳が出ているようです。そして、現在、ポーランドと、フィンランドの出版社から出ることが決まって、いま翻訳中です。チェコでも進行中。その他、ヨーロッパの出版社から、いくつか、お話が来ています。いずれにしても、いろんな国のかたが、日本をよく知って下さる、なにかのお役にたてればいい、私は、そう思っています。アメリカからも、感想が、エアメールで届いています。小学生の男の子から、

「トットちゃん、君は、ビューティフルな女の子ですか？　そうなら、家のディナーに、来ていいよ」

黒人の貧しい家の子だと、この本を生徒に読んで下さった女の先生からの、そえ書きがありました。

日本の中学、高校の女の子からの手紙の多くに、「こんな、優《やさ》しい、って知らなかった」という感想があったことも、つけ加えたいと思います。何を指《さ》して、「優しい」というのか、それは、その女の子によって違うと思います。でも、なにか、若い人が、優しさを求めていることは、事実だと思います。

これを書いているとき、ユニセフ（国連児童基金）から、「親善大使」の称号を頂きました。

世界的に活躍し、ノーベル平和賞も受けているユニセフ。これも、「トットちゃん」が橋わたしの役目をしてくれました。ニューヨークのユニセフの事務局長さん（ユニセフの一番上の人）が、英語版のトットちゃんを、知人から送られて読んで下さったのです。そして、とても感動して下さって、ユニセフの考えかたと、私の考えかたが、全《まった》く同じだ、ということ、また、前から、アジアに一人、親善大使がいてくれたらいいと考えていた、ということで、私を、その役に、おえらび下さったのです。俳優のダニー・ケイさん（アメリカ）、ピーター・ユスティノフさん（英国）、リブ・ウルマンさん（ノルウェー）の三人がこの親善大使として、すでに前から有名ですが、私は世界で、四人目、ということだそうです。

当面の仕事は、いま、この地球上で、一日四万人も、一年では千五百万人もの子供が、飢えと、飢えから来る病気で死んでいます。その状況を、みなさまに、自分の目で見て、お伝えする、という役目です。この夏には、アフリカに行きます。そして、なるべく近いうちに、アジアの国々に行く予定です。

小林先生が、生きていらしたら、きっと、よろこんで下さったことでしょう。

「君たちは、みんな一緒《いっしょ》だよ。なにをやるのも一緒だよ！」

小林先生は、いつも私たちに、こう、おっしゃっていましたから。

一九八四年　春

黒柳徹子

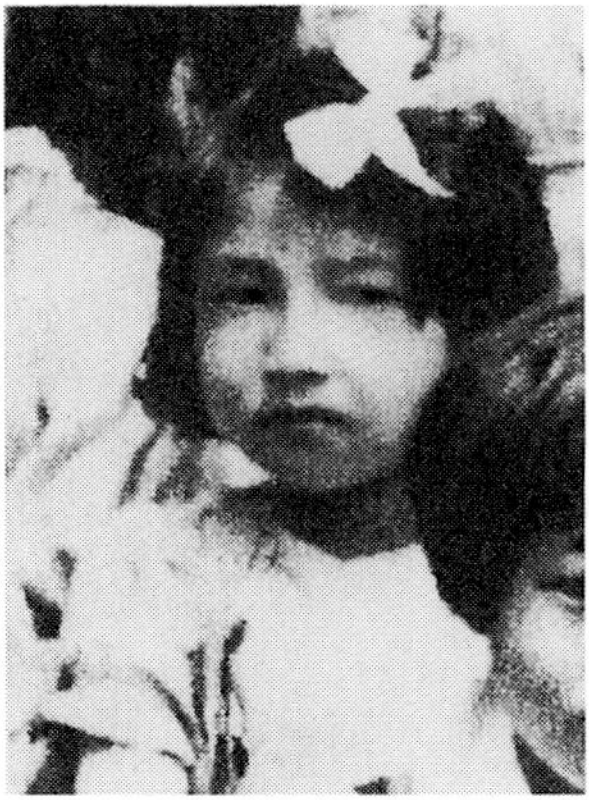

最初の小学校で、遠足のとき

新装版あとがき——単行本新装版（二〇〇六年・限定発売）に収録

今でも、私はトットちゃんと呼ばれる事があります。ついこの間、西アフリカのコートジボアールという国に視察に行ったときのことです。そこで、残念なことに、大きな自動車事故が起こりました。私の車は大丈夫だったのですが、そのとき、日本の新聞に「トットちゃん危機一髪」と出た事が日本に帰ってきてわかりました。

こんな風に、トットちゃんと呼ばれるのは、とてもうれしいことですが、実は、トットちゃん、つまり、『窓ぎわのトットちゃん』という本が最初に出たのは、一九八一年、丁度、二十五年も前の事なのです。それから、ずっと今日まで、トットちゃんは、本当に沢山の方々に読んで頂きました。最初の頃わかったのですが、三歳の小さい子どもから、百三歳の国文学者まで、あらゆる年齢のかたが読んで下さったのです。そして、これまで、色んな国の言葉に翻訳されました。英語、フランス語、ドイツ語、ロシア語、中国語（中国は国が大きいので、北京、上海、四川という風に、大きな都市の、それぞれ沢山の出版社から）、アラビア語、ベトナム語、タイ語、韓国語、台湾、香港（返還される前）、バングラディシュ語、スペイン語など、私には読めない字がほとんどですが、三十五ヵ国で訳されています。ポーランドのように、翻訳も出来て出版される予定でも、国の色々な都合で、のびている国も、いくつかあります。

また、沢山の国で学校の教科書や、大学の教材、先生用の色んな事にも使われています。日本でも長いこと小学校三年生の国語の教科書に「畠の先生」が使われました。現在も、教科書、学校の入試問題、先生のお使いになる教材、沢山の色んな教育機関のものに使われていて、使わせて下さいと、たのまれて、私が、どうぞ！とサインしたものがこの十年間でも六十四件も、あります。但し、試験問題の時は、『窓ぎわのトットちゃん』から使わせて頂きました、という事後承諾がほとんどです。私が誰かに教えるといけないからでしょうね。

今もトモエ学園があればいいのに、と随分、いわれます。また、この頃のように、親や子どもの悲しい事件が次々と起こると、そのたびに私は小林宗作校長先生が生きてらしたら、どんなに悲しむだろうな、と思います。また、この頃、LD（日本では学習障害というように訳されていますが）の子どもが増えていて、というか、LDという事が、わかって来た、といったほうがいいと思いますが、LDの本には、たいがい私の名前が出ています。これは、どうやら、LD専門の先生や研究者が『窓ぎわのトットちゃん』をお読みになると、私の退学になったあたりが、どうしても、LDっぽい、という事になるのでしょう。ですから、そういう本のあとがきに、小さいときLDでも、黒柳さんのような大人になれるのですから頑張りましょう、というような文章が、多くあります。黒柳となくても、「テレビなどで活躍して、ユニセフの親善大使でもあるKさんのように」と、私と、はっきりわかる頭文字のもありました。私は、自分ではLDと思っていませんでしたが、いずれにしても、このトモエ学園の教育は、偶然にも、LDの子どもの教育に、ぴったりだったのだ、とLDの本を何冊か読んで思いました。その点でも、小林先生に感謝しています。ちなみに、私がLD、という発端は、日本の学者の先生でニューヨークで研究発表なさったかたの論文の一部を送って下さったかたがあって、それは「エジソン、アインシュタイン、そして黒柳徹子はＬＤだった」というのでした。こんな天才とくらべて頂いて、と思いましたが、エジソンも私と同じで小学校を数ヵ月で退学になり、アインシュタインも、入る学校もなく、どこか変な子、という、その辺りだけが似ているとわかりました。でも、こんな天才と名前を並べて頂けたのは光栄なことでした。でも、私が少し知った事は、本当はＬＤなのに、親のしつけが悪いとか、努力が足りないとか、自分勝手な子、という風にいわれてきた子が、かなりいるのだ、ということでした。どこか変った子、という風にも見られてしまう。知的に問題があるわけじゃなく、個性の強い子も多く、得意の分野の勉強の、うんと出来る子どももいる。好きなことは上手。ＬＤは、まだ研究がはじまったばかりで、わからない事が多く、早くＬＤとわかれば、周りのみんなが、その子を理解し、自信を持たせて成長させていく事が出来ますが、そうじゃないと、イジメにあったり、自信をなくしたり、大きくなって、ひきこもりになってしまう事もあるらしいのです。『ＬＤの子どもを持つ会』のお母さまたちの中では、どうやら、私が完全にＬＤだった、という事になっていると聞きました。なんであれ、子どもが、のびのびと、明るく元気に大きくなって欲しい、と、ねがってる私にとって、そういう、お母さまたちも、『窓ぎわのトットちゃん』を読んで下さってる、と聞いて、うれしいと思っています。「私ってLDだったの？」と、このことを、もう少しくわしく、私の『小さいときから考えてきたこと』（新潮社）という私の本に書いたので、読んで頂いても、と思います。

この二十五年の間に、かわったこと、それは、小林先生の息子さんで、私たちの体育の先生でもあった金子巴さんが亡くなったこと。そして、私の大親友だった高橋君が、やっぱり、亡くなったこと。浜松に住んでいた高橋君に、浜松で芝居をやるから、と連絡したら、いま入院してる、ということでした。それで、お花を病院に送ったら、私が丁度、浜松に行ったとき、家に帰って来ていて、電話で話したら、私が送った胡蝶蘭が、あんまりきれいだったから、写真にうつしたよ、「僕、写真ちょっと上手なんだ。芝居は見に行かれないけど、写真送るね」と、元気そうな声でした。そして、美しい胡蝶蘭の写真が送られて来ました。でも、そのあと、高橋君は、また入院して、亡くなりました。偶然、亡くなった直後、浜松で、シンフォニー音楽物語『窓ぎわのトットちゃん』をやる事になり、東京フィルハーモニー交響楽団とナレーションの私が行って、コンサートをやりました。この物語の中には高橋君が何度も登場します。奥さまが、高橋君の写真を持って、客席にいらしてました。いつもは、たのしく、高橋君のことを紹介したり、一緒に話しあう所を、音楽の中で、やったけど、涙が止まらなかったです。どんなに我慢しても涙が出ました。高橋君！　トモエで一緒のとき、たのしかったね！　今でも、その時を思い出すと、涙が出ます。

それと、私の人生でかわった事は、この本を書いた時は、元気だった父が、数年後に、そして、父が死んでから七十歳で自立して、個性を発揮した母が、ごく最近、九十五歳で、父のところに行った事です。いつも元気で面白い母は、死ぬときも母らしく、前の日に、私と話して、会話の最後は、「じゃね」でした。ユニセフでどこかに行くとき、一度も「どうしても行かなきゃいけないの？」とか「危なくないの？」とか聞いた事のない母でした。いつも「行ってらっしゃい」と、気軽に手を振ってくれ、「じゃね」と、いつもいいました。だから私も、心おきなく出発できたのです。どんなに心の中で心配していても、それを見せない母は、死ぬ前の日も、「じゃね」といったのです。そして、本当に、母が願っていた「寝ながら死ねたらね」という、その通りに、寝てると思ったら息が止まっていたという、静かな死でした。家はキリスト教だけど、お友達が「お母さまが亡くなったのが八月十六日。十五日まではお盆で、みんな亡くなったかたたちが帰って来てました。きっと、お父さまも。そして十六日に、みんな帰るのです。お母さまも、お父さまと手をとりあって、いらしたのでしょう」というFAXを下さいました。うれしかった。（ママ！　パパと一緒に行ったの？　随分、パパ、待ったものね！）私たち、弟妹四人に、孫と、ひ孫、みんなで、手を振って送りました。母の、みなさまにごめいわくをおかけしたくない、という、どうしてもの希望で、すべて家族だけですませてから発表しました。この場をおかりして、母に親切にしてくださった方たちに、お礼を申し上げます。ありがとうございました。

それと、本当に沢山の、トットちゃんを読んで感想文を送って下さったみなさん、ありがとう。全部読みました。でも、お返事を出すのには数が多く、ごめんなさい。でも、うれしかったです。という訳で、トットちゃんは元気で、いまのところ百歳まで仕事をやるつもりです。そうそう。みなさんが可愛い、と思って下さった犬のロッキーの名前について。ごく最近、母に、名前は、誰がつけたのか聞きました。母は、少し得意そうにいいました。「ママよ。だって、シェパードで、小さいけど、荒々しい感じがしたので、ロッキー山脈を思って、ロッキーとつけたの」。聞いておいて、よかった事の一つでした。このことも、つけ加えておきます。

みなさん！　お元気で。

子どもの幸せを心から祈って。二〇〇六年

本書に掲載のいわさきちひろの絵　初出目録

●**カバー表**／こげ茶色の帽子の少女　1970年代前半　●**3頁**／指先でつまんだ赤い花『チャームサロン10　とつぐひのために』（千趣会）1971年　●**目次4〜5頁**／猫とランドセルをしょった子ども「入学の心得」雑誌「小学一年生」付録（小学館）1969年　●**目次6〜7頁**／バラのなかで踊るふたり『ふたりのぶとうかい』（学研）1969年　●**8頁**／うす紫の帽子の少女　1970年代前半　●**18頁**／教室の席に座る子ども『家庭の教育3　少年期』習作　1966年　●**32頁**／小さな花を持つワンピースの女の子　1960年代後半　●**55頁**／弁当を食べるおさげ髪の少女　広告　1960年代前半　●**83頁**／ピンクのセーターを着た少女　広告　1970年　●**94頁**／木の下に集まる子どもたち　雑誌「子どものしあわせ」7月号（草土文化）1967年　●**122頁**／貝の髪飾りをつけたあごに手をおく横顔の少女　1970年代前半　●**144頁**／一輪の花を見つめる少女　雑誌「子どものしあわせ」4月号（草土文化）1968年　●**163頁**／しゃぼん玉のなかの王女さま　雑誌「ひろば」42夏季号（至光社）1969年　●**197頁**／「かわいいかくれんぼ」『こどものうた・うた・うた』実業之日本社　1965年　●**237頁**／なべをかかえる少年と少女　1971年　●**241頁**／料理をする母親と女の子　広告　1960年代後半　●**250頁**／鉛筆をけずる少女『赤い鳥名作集4』習作　1973年　●**273頁**／ガムを口に入れる女の子　雑誌「母と生活」5月号（静岡教育出版社）1971年　●**300頁**／鉛筆を持って考える男の子と女の子　雑誌「母と生活」10月号（静岡教育出版社）1971年　●**309頁**／

見つめる子どもたち　雑誌「子どものしあわせ」4月号（草土文化）1969年　●318頁／窓の外を見る少女『となりにきたこ』（未使用）1970年

☆本書の原画は、ちひろ美術館に保存されています。
●ちひろ美術館・東京　〒177-0042東京都練馬区下石神井4―7―2　電話03―3995―0612
●安曇野ちひろ美術館　〒399-8501長野県北安曇郡松川村西原3358―24　電話0261―62―0772

本書は一九八四年四月刊行の文庫版『窓ぎわのトットちゃん』の本文文字を大きくした新組版《しんぐみばん》です。

|著者|黒柳徹子　東京生まれ。女優、タレント、司会者、エッセイスト。東洋音楽学校（現・東京音楽大学）声楽科卒業後、NHK放送劇団に入団。NHK専属のテレビ女優第１号として活躍。1976年から続く「徹子の部屋」（テレビ朝日）の司会、「世界ふしぎ発見！」（TBS）レギュラー等のテレビ番組、舞台、コンサート等幅広く活躍。'81年刊の著作『窓ぎわのトットちゃん』は国内だけでシリーズ累計約800万部の戦後最大のベストセラーとなり、世界35ヵ国で翻訳されている。この印税で社会福祉法人「トット基金」を設立し、プロのろう者劇団を支援。また、'84年よりユニセフ（国際連合児童基金）親善大使となり、世界30ヵ国を訪問し、飢餓、戦争、病気で苦しんでいる子供たちを支える活動を続けている。東京と安曇野にある、ちひろ美術館の館長も務める。

窓《まど》ぎわのトットちゃん　新組版《しんぐみばん》

黒柳徹子《くろやなぎてつこ》

講談社文庫
定価はカバーに
表示してあります

1984年４月15日　第１刷発行
2015年６月12日　第80刷発行
2015年８月12日新組版第１刷発行
2024年１月30日新組版第34刷発行

発行者――森田浩章
発行所――株式会社　講談社
東京都文京区音羽2-12-21　〒112-8001
電話　出版（03）5395-3510
販売（03）5395-5817
業務（03）5395-3615

Printed in Japan

KODANSHA

デザイン―菊地信義
製版――株式会社新藤慶昌堂
印刷――株式会社新藤慶昌堂
製本――株式会社国宝社

ISBN978-4-06-293212-7

講談社文庫刊行の辞

二十一世紀の到来を目睫に望みながら、われわれはいま、人類史上かつて例を見ない巨大な転換期をむかえようとしている。

世界も、日本も、激動の予兆に対する期待とおののきを内に蔵して、未知の時代に歩み入ろうとしている。このときにあたり、創業の人野間清治の「ナショナル・エデュケイター」への志を現代に甦らせようと意図して、われわれはここに古今の文芸作品はいうまでもなく、ひろく人文・社会・自然の諸科学から東西の名著を網羅する、新しい綜合文庫の発刊を決意した。

激動の転換期はまた断絶の時代である。われわれは戦後二十五年間の出版文化のありかたへの深い反省をこめて、この断絶の時代にあえて人間的な持続を求めようとする。いたずらに浮薄な商業主義のあだ花を追い求めることなく、長期にわたって良書に生命をあたえようとつとめるところにしか、今後の出版文化の真の繁栄はあり得ないと信じるからである。

同時にわれわれはこの綜合文庫の刊行を通じて、人文・社会・自然の諸科学が、結局人間の学にほかならないことを立証しようと願っている。かつて知識とは、「汝自身を知る」ことにつきていた。現代社会の瑣末な情報の氾濫のなかから、力強い知識の源泉を掘り起し、技術文明のただなかに、生きた人間の姿を復活させること。それこそわれわれの切なる希求である。

われわれは権威に盲従せず、俗流に媚びることなく、渾然一体となって日本の「草の根」をかたちづくる若く新しい世代の人々に、心をこめてこの新しい綜合文庫をおくり届けたい。それは知識の泉であるとともに感受性のふるさとであり、もっとも有機的に組織され、社会に開かれた万人のための大学をめざしている。大方の支援と協力を衷心より切望してやまない。

一九七一年七月

野間省一

木原浩勝　増補改訂版もう一つの「バルス」〈―宮崎駿と『天空の城ラピュタ』の時代―〉
木原浩勝　増補改訂版ふたりのトトロ〈―宮崎駿と『となりのトトロ』の時代―〉
喜国雅彦　国樹由香　メフィストの漫画
喜国雅彦　国樹由香　本格力〈本棚探偵のミステリ・ブックガイド〉
清武英利　石つぶて〈警視庁　二課刑事の残したもの〉
清武英利　しんがり〈山一證券　最後の12人〉
清武英利　トッカイ〈不良債権特別回収部〉
喜多喜久　ビギナーズ・ラボ
岸見一郎　哲学人生問答
木下昌輝　つわもの
黒岩重吾　新装版　古代史への旅
栗本　薫　新装版　ぼくらの時代
黒柳徹子　窓ぎわのトットちゃん　新組版
倉知　淳　新装版　星降り山荘の殺人
熊谷達也　浜の甚兵衛
倉阪鬼一郎　八丁堀の忍
倉阪鬼一郎　八丁堀の忍(二)〈大川端の死闘〉
倉阪鬼一郎　八丁堀の忍(三)〈遥かなる故郷〉
倉阪鬼一郎　八丁堀の忍(四)〈隻腕の抜け忍〉
倉阪鬼一郎　八丁堀の忍(五)〈討伐隊、動く〉
倉阪鬼一郎　八丁堀の忍(六)〈死闘、裏伊賀〉
黒田研二　神様の思惑
黒木　渚　壁の鹿
黒木　渚　本性
黒木　渚　檸檬の棘
久坂部　羊　祝葬
黒澤いづみ　人間に向いてない
久賀理世　奇譚蒐集家　小泉八雲〈白衣の女〉
久賀理世　奇譚蒐集家　小泉八雲〈終わりなき夜に〉
雲居るい　破《は》蕾《らい》
鯨井あめ　晴れ、時々くらげを呼ぶ
鯨井あめ　アイアムマイヒーロー！
窪　美澄　私は女になりたい
くどうれいん　うたうおばけ
黒崎視音　マインド・チェンバー〈警視庁心理捜査官〉
決戦！シリーズ　決戦！関ヶ原
決戦！シリーズ　決戦！大坂城
決戦！シリーズ　決戦！本能寺
決戦！シリーズ　決戦！川中島
決戦！シリーズ　決戦！桶狭間
決戦！シリーズ　決戦！関ヶ原2
決戦！シリーズ　決戦！新選組
決戦！シリーズ　決戦！賤ヶ岳
決戦！シリーズ　決戦！忠臣蔵
決戦！シリーズ　風雲〈戦国アンソロジー〉
小峰　元　アルキメデスは手を汚さない
今野　敏　ST警視庁科学特捜班　エピソード1〈新装版〉
今野　敏　ST警視庁科学特捜班　毒物殺人〈新装版〉
今野　敏　ST警視庁科学特捜班〈黒いモスクワ〉
今野　敏　ST警視庁科学特捜班〈青の調査ファイル〉
今野　敏　ST警視庁科学特捜班〈赤の調査ファイル〉
今野　敏　ST警視庁科学特捜班〈黄の調査ファイル〉
今野　敏　ST警視庁科学特捜班〈緑の調査ファイル〉
今野　敏　ST警視庁科学特捜班〈黒の調査ファイル〉
今野　敏　ST為朝伝説殺人ファイル〈警視庁科学特捜班〉
今野　敏　ST桃太郎伝説殺人ファイル〈警視庁科学特捜班〉
今野　敏　ST沖ノ島伝説殺人ファイル〈警視庁科学特捜班〉

講談社文庫　目録

2023年12月15日現在